「本気で戦え、魔王シグルズ。手を抜いたあなたを倒しても意味はないから」
「ちょっと落ち着こうっ!! ね!!」

エルナ・ヴェンダース
シグルズたちの暮らす農村に調査にやってきた
器用で悪知恵が働く少女。
出会ってすぐにリタの友人に収まる。
シグルズ
辺境の農村でシグっさんと
慕われる男。
実は、封印から解き放たれた
最強の魔王様だったが、
今は平穏な余生を
過ごそうとしている。

リタ・ヴァイカート
『スラウゼンの剣』と呼ばれ、
青春のすべてを魔王討伐に捧げた女勇者。
引退したシグルズを追ってやってきた農村で、
普通の少女になろうと決意する。
Main Characters

リタはガバッと上体を起こすとキョロキョロと辺りを見回し、
下を向いて自分の裸体を確認したあと、横のシグっさんに視線を戻した。
表情は、まさに顔面蒼白。察するに、リタもこの状況を理解する記憶がない様子。
「……何がごめん？　何で謝ったの？」

山川海 著
YAMAKAWAUMI
illustration 鍋島テツヒロ

He had already retired!

引退魔王は悠々《ゆうゆう》自適《じてき》に暮らしたい vol.1

辺境で平穏な日々を送っていたら、女勇者が追ってきた

口絵・本文イラスト　鍋島テツヒロ

もくじ
Contents

序章

女勇者は魔王に挑む

リタ・ヴァイカートは静かに息を吐《は》く。

蝋燭《ろうそく》の微《かす》かな灯《あか》りが陰影《いんえい》を揺《ゆ》らめかせ、不気味な雰囲気《ふんいき》を漂《ただよ》わせる廊下《ろうか》。その先には、無慈悲《むじひ》な冷酷《れいこく》さを誇示《こじ》する堅牢《けんろう》な扉《とびら》が待ち構えていた。左右に配置された白石の像は、悪《あく》魔《ま》の彫刻《ちょうこく》が精巧《せいこう》に施《ほどこ》され、禍々《まがまが》しい形相で不埒《ふらち》な訪問者たちを睨《にら》みつけている。まるで、城の主の威厳《いげん》を無言で語りかけるかのように。

扉の向こうから漏《も》れ出る異質な気配。リタはこれまでにない死闘《しとう》を予感し、腰元《こしもと》に下げた愛剣《あいけん》ブリュンヒルデの鞘《さや》を握《にぎ》りしめる。高揚《こうよう》と緊張《きんちょう》感、そして不安が交錯《こうさく》するなかで、その手は酷《ひど》く強張《こわば》っていた。

使命に翻弄《ほんろう》された少女が、全てを捨て辿《たど》り着いた長き旅路の終点。顔を上げ、短く切り揃《そろ》えられた金髪《きんぱつ》を微かに揺らしながら、青く大きな瞳《ひとみ》で眼前の扉を見据《みす》える。


この先に、魔王がいる——。

白銀の鎧《よろい》の上からでも肌《はだ》に感じる重圧が、予感を確信に変え、己《おのれ》の命すら投げ出す覚悟《かくご》を決めさせた。

しかし、結んだ小さな唇《くちびる》は微かに震《ふる》えている。敗北すれば失うのは自分一人の命だけではない、背中を預ける仲間たちも同じ結末を辿ることになるからだ。

「みんな……」

リタが振《ふ》り返ることなく掛《か》けた声には、力強さが欠けていた。自分を信じ、険しい道のりを共に歩んでくれた戦友たち。彼《かれ》らを失うことへの恐怖《きょうふ》が、リタの足を重くさせる。

リタの気持ちを知ってか知らずか、リタの普段《ふだん》と違《ちが》う様子に、背後で控《ひか》えていた四人の仲間たちからは微笑《ほほえ》みが漏れた。

黒光りする筋肉と丸めた頭、異様にまつ毛の長い大柄《おおがら》な男が、リタの背中をバシンと叩《たた》いて気合いを入れる。

「なに緊張してんのよリタ。んもぅ！　らしくないじゃん」

彼の名はパオル・レフラー。世界各国から猛者《もさ》が集められる格闘《かくとう》大会において、かつては無敗の伝説を作り、幾度《いくど》となく王者に輝《かがや》いた歴戦の拳闘《けんとう》士。パオルが出場した最後の大会でリタに敗北し、以来強さを求め魔王を討伐《とうばつ》するための旅に同行していた。

二年の旅の間にリタの良き理解者となり、今では大親友。野太い声を裏返しながら喋《しゃべ》るのが特徴的《とくちょうてき》。

「いつものリタらしくさ、あたし達《たち》を引っ張ってよね！」

「パオル……うん、ありがと」

バチッと片目をつむって親指を立てるパオルに、リタは頬《ほお》を赤らめ照れくさそうな表情を返した。辛《つら》い旅の間、ガチガチに緊張したときもひどく落ち込《こ》んだときも、いつだってガチムチなパオルが支えてくれていたことを思い出す。兄弟はいないが、パオルのことは歳《とし》の離《はな》れたお姉さん（お兄さん？）のように感じていた。ちなみに最初はドン引きしていた。

「――今さら弱気になってんじゃないよ！　私たちはこの瞬間《とき》のために旅してきたんだ、魔王にキツイ一発喰《く》らわせせんだろ？」

露出度《ろしゅつど》の高い修道服に身を包む女法術士アデーレ・ローレ・グラフが、棘《とげ》のついた自慢《じまん》の愛の鞭《むち》を両手でピッと引っ張り、色白の肌に不敵な笑《え》みを浮《う》かべる。真っ赤な紅で染めた唇に、怪《あや》しい煌《きら》めきを放つ切れ長の目。

昼は法術士として病《や》める人々を癒《いや》し、夜は女王様《クイーン》として特殊《とくしゅ》な性癖《せいへき》を持つ人々を癒してきたアデーレは、魔王の尻《しり》にキツイ一発を入れたいがためリタの旅に同行。法術の腕《うで》はいまいちだが鞭捌《むちさば》きは天下一品であり、どんな男性も新しい世界へ誘《いざな》うという。リタはその世界がどんなものか、未《ま》だ知らない。

「そうだよね、そのために頑張《がんば》ってきたんだもん」

アデーレの叱咤《しった》に心を鞭打《むちう》たれ、リタの瞳はいつもの強気を取り戻《もど》す。魔王討伐《まおうとうばつ》の使命を受け、いたいけな少女であった十歳の頃《ころ》より始まった過酷《かこく》な修行《しゅぎょう》の日々。それがもうすぐ報《むく》われるのだ。

二人のやり取りを眺《なが》める黒いとんがり帽子《ぼうし》を目深《まぶか》に被《かぶ》った老人も、白く長い眉毛《まゆげ》と目尻《めじり》を垂らし、柔和《にゅうわ》な笑みを送った。

「ほっほ、リタよ」

「カール翁《じい》」

〝黎明《れいめい》の賢者《けんじゃ》〟と誉《ほま》れ高い二つ名で呼ばれるカール・ハインツ・シュトラウスは、かつて最高位の魔術士《まじゅつし》として世界に名を馳《は》せ、千の魔術を操《あやつ》り深淵《しんえん》の理《ことわり》を知る者。その長年蓄《たくわ》えた叡智《えいち》をリタに貸すため旅を共にしていた。

「わし今日朝飯食った？」

「うん、しっかり食べてたよ」

だが、今では叡智のほとんどを忘却《ぼうきゃく》の彼方《かなた》に置き去り、出会った頃からこんな感じ。

「さあ、皆《みな》さん！　魔王なんかさっさと倒《たお》してしまいましょう、より語りがいのある世界のために！」

パンパン――と手を叩き、爽《さわ》やかにメロディアスな声音《こわね》と甘《あま》いマスクで仲間を促《うなが》す茶髪《ちゃぱつ》の青年、レナートス・ツァンパッハ。いつも華《はな》やかな衣装《いしょう》に身を包み、美声と眉目秀麗《びもくしゅうれい》な顔立ちで都会女から絶大な人気を得ている吟遊《ぎんゆう》詩人だ。

歌と楽器以外は特に何もできず、なぜリタに付いてきているのかよくわからない青年であり、一年近く旅を共にしているがリタとあまり喋ったこともない。

「うふふ、レナートスちゃんったらホント勇ましくて素敵《すてき》♡」

「……」

ただ、幾度かパオルに襲《おそ》われかけたことはあった――。

唯一無二《ユニーク》な仲間達から勇気をもらったリタは、一つ深呼吸をして目配せする。リーダーからの合図に呼応するよう頷《うなず》く四人。

これまで苦楽を共にしてきた戦友たち、志半ばで倒れた者たち、協力してくれた恩人や、平和の願いを託《たく》してくれた人々に馳せる想《おも》い。今、リタの胸の中はたくさんの人からもらった勇気で溢《あふ》れている。想像を絶する過酷な修行と長く苦しかった旅路は、リタ自身の願いを確固たるものにしていた。

必ず魔王を討《う》つ、と。

「みんな、いくよ！」

眉間《みけん》に皺《しわ》を寄せながら表情を引き締《し》め、荘厳《そうごん》な扉に手をかける。背後に控える仲間たちと決死の覚悟を胸に、積年の願いを叶《かな》えるために、最後の戦いへ挑もうとしていた。

――扉を開け放った瞬間にリタが名乗りを上げる。

「災厄《さいやく》を振りまきし悪虐の魔王シグルズ、その首リタ・ヴァイカートが貰《もら》い受ける！　覚悟しなさ――っ!!」

しかし、その叫《さけ》びは最後まで言い切られることなく、ピタリと止まった。突然《とつぜん》静止したリタの背中を見て、後ろに続く仲間たちも戸惑《とまど》う。

「リタ？　どうしたのよ」

気を削《そ》がれたパオルが声をかけた。リタの横顔を覗《のぞ》き込めば、顔は恐怖や怯《おび》えというより困惑《こんわく》に近い様相を示している。

「魔王が……」

一体魔王の間に何を見ているのか、とリタの頭の上から部屋の中に送る視線。後ろの三人も横から覗こうとするが、大柄なパオルが邪魔《じゃま》で見られない。

「魔王がいない」

「え？　嘘《うそ》だろ？」

リタの意外な言葉を訝《いぶか》しむアデーレ。この溢れ出る魔《ま》の気配に、魔王がいないなんてことがあり得るのか、と疑う。腐《くさ》っても法術を修めた者として不穏《ふおん》な空気には人一倍敏感《びんかん》であり、男の性感帯《スイートスポット》くらい間違《まちが》うはずもなかった。隣《となり》のカールとレナートスもリタが何を言っているのかと困惑の色を浮かべるだけ。

「あらま、ホントね。玉座には誰《だれ》も座《すわ》ってないわ」

パオルは両手を頬に添《そ》え、驚《おどろ》きの表情でリタに同意する。最奥《さいおう》中央に輝く金色の玉座、壁側《かべがわ》の白い石柱、ステンドグラスで彩《いろど》られた天井《てんじょう》、長いまつ毛の目をパチクリさせながら主のいない魔王の間を見渡《みわた》した。

「……まだ油断はできないけど」

腰元の愛剣ブリュンヒルデに手をかけ眉間の皺を寄せるリタは、一歩一歩警戒《けいかい》するように魔王の間を進む。姿形は見えなくても充満《じゅうまん》する強者の気配、不意を衝《つ》かれれば一瞬《いっしゅん》で全《ぜん》滅《めっ》させられてしまう。

状況《じようきよう》を把握《はあく》できない四人の仲間は、リタ頑張れ、と応援《おうえん》する気持ちで扉の外から見守っていた。

周囲を鋭《するど》い目で見回すが誰もいない魔王の間、仲間達以外からの視線も感じない。

「――やっぱり、いないみたいね」

部屋の中央に辿り着いても何も起こらず、リタは額の汗《あせ》を拭《ぬぐ》いながら警戒を解く。勇者たる自分の襲撃《しゆうげき》を察して隠《かく》れたのか、城内を隈《くま》なく探すべきか、一旦《いつたん》引いて態勢を立て直すべきか、主が不在の謁見《えつけん》の間で思考を巡《めぐ》らす。

とにかく、この不気味な空間に魔王がいないとわかれば用はない、とリタが仲間の下へ駆《か》けよろうとした瞬間――

「あの……」

「っ！」

突然真横からかけられる聞き慣れない女性の声。

リタは咄嗟《とつさ》にブリュンヒルデを引き抜《ぬ》き、声の主に切っ先を向けた。いつの間に近づかれたのか分からず、リタの頭の中は焦《あせ》りに支配される。

すぐ目の前には、喉元《のどもと》に刃物《はもの》を突きつけられても微動《びどう》だにしない茶髪の女性。突然現れた人の気配に寒くなった背筋と高鳴る鼓動《こどう》、一瞬で熱くなった喉元に声も出ない。目を見開いて睨みつけるのが精一杯《せいいっぱい》だった。

混乱するリタをよそに、冷静な女は持っていた藁箒《わらぼうき》の柄《え》でブリュンヒルデの切っ先を優《やさ》しく除《よ》ける。

「何かご用ですか？」

リタの瞳に映るのは、眉《まゆ》を八の字に困った様子を見せる女性。纏《まと》う雰囲気と優しげな声音から敵意も感じられず、いきなり剣を向けてしまった非礼に申し訳ない気持ちも込み上げてきた。よく見れば清潔そうなエプロンドレスとヘッドキャップを付けており、この城の家事使用人だと窺《うかが》わせる格好をしている。

「えっと、あ……ご、ごめんなさい」

魔王に誘拐《ゆうかい》された人の奴隷《どれい》だと思い至ったリタは、冷《ひ》や汗をかいて謝《あやま》りながら慌《あわ》ててブリュンヒルデを鞘に収めた。

使用人姿の女は構う様子もなく首を傾《かし》げ、目の前でオタオタするリタと扉の向こうから覗く四人を、不思議そうな表情で交互《こうご》に見つめる。

「いいえ、それより何かこちらにご用ですか？　わざわざ盗掘《とうくつ》においでいただきましても、持ち出し可能な金品や美術品などは城の入り口にまとめておきましたので、この部屋は見ての通り何もございませんが」

「あ、いや、私たちは盗人《ぬすびと》とかじゃなくて……その、魔王の首を取りに」

何かあらぬ疑いをかけられているのか、とリタは申し訳なさそうに用件を伝えた。しかし、自身がどっちにしろ取りに来ている不遜《ふそん》な輩《やから》だという事実には気がついていない。

使用人の女はリタの用件を聞き、さらに不思議そうな表情を作る。

「魔王？　シグルズ様のことですか？」

「……うん、そうなんだけど。どこの部屋にいるか知ってる？　私ってこう見えて……一応勇者だからさ、倒しに行かないといけなくて」

「あ、そういうことでしたか。なるほどなるほど、シグルズ様をやっつけに来られたのですね」

白銀の鎧の胸部プレートをつまみ、恥《は》ずかしそうに勇者を自称《じしょう》するリタを見て、使用人は合点《がてん》がいったのか何度も頷いた。

リタも話をわかってくれた使用人の様子に顔を綻《ほころ》ばせて頷き返す。敵の本拠地《ほんきょち》ど真ん中で、なんとも言えない和《なご》やかな空気が流れるが、姿のない魔王に一歩近づけたようでなんとなく嬉《うれ》しかったのだ。

しかし、次の一言はリタを失意の底に叩き落とす。

「遠路はるばるお越《こ》しいただき申し訳ないのですが、シグルズ様は引退なされましたよ」

「……え？」

ニコニコと微笑《びしょう》を浮かべて答える使用人に、リタはポカンと口を開ける表情を返した。

引退って何、どうして？――と頭の中は疑問で溢れかえる。

使用人は目の前の金髪少女が言葉の意味を理解していないのかと思い、再度丁寧《ていねい》に、わかりやすいようゆっくりと繰《く》り返す。

「えっと、シグルズ様は、魔王というお仕事を引退なされました」

丁寧に言われても、リタの頭の中は真っ白になるだけだった。

▼

――二百年前、世界に突如《とつじょ》現れた〝バーレルセル〟たちは魔王に率いられ、過去二度の災厄をもたらしている。

人を遥《はる》かに超《こ》える膂力《りょりょく》、数の劣勢《れっせい》をものともしない凶暴性《きょうぼうせい》と残虐性《ざんぎゃくせい》。一見すれば姿形は人と似ているものの、その正体は全くの別物であり、内に宿す魔の本性《ほんしょう》を剥《む》き出しにすれば恐《おそ》ろしい怪物《かいぶつ》へと変貌《へんぼう》する。

人々は災厄に抗《あらが》わんと一致《いっち》団結するも、襲い来る異邦人《バーレルセル》たちの苛烈《かれつ》な攻勢《こうせい》に恐怖し敗北。

各国は滅《ほろ》びの道を余儀《よぎ》なくされていた。

異邦人たちによりいくつもの大国は落とされ、絶望の淵《ふち》に立つ人々。だが、どんな絶望の中にも希望の光は差し込むもの。暗黒の時代が訪《おとず》れるたび、勇気ある若者たちが仲間を集め魔王に立ち向かって行った――。

こうして二度の災厄は当時の勇者たちによって沈《しず》められ、今尚《いまなお》伝説として語《かた》り継《つ》がれている。魔王を滅《めっ》することは叶わなくとも、封印《ふういん》に成功したのだ。

しかし皮肉なことに、つかの間の平和を享受《きょうじゅ》すれば人々はやがて異邦人たちの恐怖を忘れ、互《たが》いに争いを始める。肥沃《ひよく》な土地を奪《うば》い合い、己《おの》が利のために殺し合う。それがいかに愚《おろ》かな行いか気がつきもせず。

そして現在、伝説を嘲笑《あざわら》うかのように魔王が三度目の災厄として復活を遂《と》げ、世界を暗黒に染めようとしていた。


リタがまだ少女だった七年前のある日、故郷であるスラウゼンの国王から発せられた勅令《ちょくれい》により、運命は大きく変わる。

『ヴァイカート家当主、先代勇者との盟約により魔王討伐の任務を命ずる』

書簡に短く書かれた文の意味を、幼いリタは良く理解していなかった。父の突然の失踪《しっそう》から当主となって日も浅く、そもそも十歳の少女にヴァイカート家を継いだ自覚などなかったからだ。

しかし、この勅令はヴァイカートの家に生まれた者にとって、知らぬ存ぜぬでは押《お》し通らないこと。

リタの三代前の当主、つまり曽祖父《そうそふ》が先代の勇者であり、前回魔王を封印した際に「魔王なんかいつでも倒してやっから金くれよ、金」と当時のスラウゼン国王を半ば脅迫《きょうはく》したため、ヴァイカート家は働かなくても毎年お金が入ってくる特権を得た。代わりに、いつか復活する魔王を討つ約定を結び。

語り継がれる栄光の裏に「え、断るの？　魔王の封印解いちゃってもいいの？」という先代勇者の言葉があったことなど世間は知る由もなく、歴代スラウゼン国王はこの屈辱《くつじょく》忘れるべからず、と魔王復活の折はヴァイカート家に絶対復讐《ふくしゅう》する誓《ちか》いを立てていたのだ。

先代クソ勇者の勝手な約束、偶然《ぐうぜん》重なった父親の失踪と魔王の復活。裕福《ゆうふく》な家庭に生まれ、将来は白馬に乗った眉目秀麗な王子様との結婚《けっこん》を夢見ていた可愛《かわい》らしい少女は、母の指導の下で死より苦しい修行へ身を投じることとなる。

そして五年の月日が流れ、十五歳となった可憐《かれん》な少女リタ――否、逞《たくま》しき勇者リタは魔王討伐の任を遂行《すいこう》すべく旅立ったのだ。

血反吐《ちへど》を吐く修行に明け暮れ、ある意味箱入《はこい》り娘《むすめ》だったリタにとって初めて見る外の世界。右も左も分からず手探《てさぐ》りだった旅路。辛く苦しくも多くの助けを借り、また多くの人々を助けながら一歩一歩しっかりと歩んだ二年半。

人生が狂《くる》ったあの日から都合七年半の月日と青春の時間を費《つい》やし、遂《つい》にリタは魔王の眼前に立つ――はずだったのだが。

「魔王引退したの⁉」

「ええ。かなり前に引退なされたのですが、連絡《れんらく》はございませんでしたか？」

使用人の言葉にリタは表情に驚愕《きょうがく》の色を隠せなかった。扉の向こうから様子を見ていた仲間たちに慌てて視線を送るも、皆首を横に振るだけ。魔王が引退した事実など知る由もない。

わなわなと震えるリタの様子を見て、使用人は自分の頬に手を添える。

「おかしいですね、だいぶ前に各国の王侯《おうこう》貴族や政府へと通達したはずですが。何かの手《て》違《ちが》いでしょうか」

「私そんな話聞いたこともないよ！　ていうか、魔王はこの城にいるんでしょ⁉」

「こちらにはいらっしゃいませんよ。ルンベルク城はすでに一般《いっぱん》開放しておりますし、金

品の類もこれまで従事して頂いた皆様《みなさま》にお持ちいただけるよう入り口にまとめておきましたから。現に警備の方もおりませんので」

「……うそ」

口では認めたくないものの、確かに城に入ってから魔王の間に至るまで誰にも会わなかったと気がつくリタ。ちょっとおかしいな、と違和感《いわかん》を持っていたが、仲間たちも何も言わないので見て見ぬ振りをしていた。

「そもそも、シグルズ様は今回復活なされてから人と争ってなどおりません」

唐突《とうとつ》に奪われる目的、リタの胸の中に焦りの気持ちが込み上げてくる。魔王と戦ってすらいないとなると、あの過酷な修行と辛い旅路はなんだったのか、自分は一体何のために努力してきたのかわからなくなってしまう。

しかし、これまでの旅路を思い返せば疑問も湧《わ》いてくる。

「でもあれ、あれよ！　魔王がいないなら私が旅の途中《とちゆう》で戦った異邦人たちはなんだったの？　しっかりと暴れてたじゃない！」

リタは旅の途中、幾度か異邦人を倒し苦しめられる人々を救ってきた。魔王が災厄を振りまいていないとなれば、あの怪物たちは一体なんだったのか。

あいつら悪いことしてるじゃん――と憤《いきどお》るリタに、使用人は困った様子で鼻を小さく鳴らす。

「シグルズ様を指導者とした体制はすでに無くなっておりますし、力を振るいたい者もいれば、静かに暮らしたい者もいるでしょう。異邦人《バーレルセル》と一括《ひとく》りにされても、あなた達と同様に個々人の考え方は様々あります。シグルズ様が封印されている間も皆この大地で生きてきたわけですから生活もありますし、問題を起こす者はシグルズ様と関係無く起こしていたのでは？　異邦人たちに限らず、人の身であっても過《あやま》ちを犯《おか》すことはありますし」

「じゃあ……魔王を倒しても、世界は変わらないってこと？」

「そうなりますね。シグルズ様は復活なされて以来、この地の出来事に干渉《かんしょう》されていませんから、今争っている国々も戦闘行為《せんとうこうい》を行っている者たちも特に変わらないと思われます」

使用人の諭《さと》すような言葉に、リタはなんとも言えないもどかしい気分になる。考えてみればリタが戦って来たのは異邦人だけでなく、罪を犯す盗賊《とうぞく》集団や弱き者を苦しめる悪徳領主などの〝人〟もいた。

非道な行いをするのは異邦人だけとは限らない。悪の心に人と異邦人の隔《へだ》てがないと気づけば、リタの胸の中にはどこにぶつけていいかもわからないモヤモヤとした感情だけが残る。

「それじゃ……」

魔王を絶対悪と定め、魔王を倒せば世界が平和になる、全てが解決すると思《おも》い込んでいたリタは、勇者としての命を受けた自身の存在意義を見失う。あの修行の日々は、あの旅の意味はなんだったのかと。全ては魔王を倒すため、少女としての青春全てを費やし、血を吐いて来た苦労はなんだったのか。

「それじゃ、なんで魔王は復活したわけ？　人と争う気もないならわざわざ出てこなくてもいいでしょ？」

世界に災厄を振りまく気もなく、魔王を倒したところで何も変わりはしない。干渉する気もないならば、魔王はなぜ復活を遂げたのか。時の流れで封印が解けたのか、偶然に封印が解かれたのかもわからないが、リタの頭の中は魔王が封印から出て来なければあんな目に遭《あ》わずに済んだのに、という思いで溢れかえっていた。

少し涙目《なみだめ》の少女に向け、使用人の女が送る真剣《しんけん》な眼差《まなざ》し。異邦《いほう》の王シグルズの復活、その理由を目の前の少女が知りたがっている。

秘密にしていたわけではないが、誰一人《だれひとり》として触《ふ》れなかったこと。真横に結んだ唇を開き、まだ誰も知らない事実をゆっくりと語り始めた。

「娑婆《しゃば》の空気が美味《うま》そうだったから、と仰《おつしや》っておりました」

目を丸くし、キョトンとするリタ。

「……外の空気が美味《おい》しそうだから出て来た、と仰っておりました」

もちろん、言い直さなくても意味は伝わっている。

「それだけ？」

「ええ、それだけです。せっかくだから大自然の美味しい空気が吸いたいと隠居《いんきょ》され、現在はゆったりと余生を楽しんでいらっしゃいます。彼の地《かのち》からたまに野菜も送られてきますよ、これが写真機で撮影《さつえい》された最近のシグルズ様です」

使用人が懐《ふところ》から取り出した白黒の写真には、根菜を片手に反対の指を二本立て、満面の笑みを浮かべる農夫。

「へえ～……」

リタは弾《はじ》ける笑顔《えがお》で撮《と》られた魔王の写真を見つめながら、幸福な人生を失ったこれまでの日々を思い出す。魔王を討てと書簡が届いたあの日、強制させられた過酷な修行の日々、幾度も逃《に》げ出そうとして連れ戻されたあのお屋敷《やしき》、右も左もわからない旅路、極寒《ごっかん》の険しい山脈や灼熱《しゃくねつ》の砂漠《さばく》、襲い来る強敵との死闘、志半ばに倒れた者たち。

それら全ては、魔王を倒すためにあった。

「個人的な理由になるんだけど、殺しに行っていい？」

闘志《とうし》を帯びた強く気高い瞳から光を失った少女に、使用人の女は顎《あご》に手を当て、考える仕草を作ってから答える。

「……まあ、個々人の考え方は様々ありますので、お好きになさって良いかと」

こうしてリタは、改めて魔王の抹殺《まっさつ》を心に誓った。

第一章

引退魔王はお見合いする

ジークラム大陸東の山脈に点在する集落、その中で最も東に位置する場所にケーニッツの村がある。総人口五十名ほどの小さな村だが、四季折々の穏《おだ》やかな気候と山の恵《めぐ》みに育まれた土地。ここに暮らす者たちの多くが牧畜《ぼくちく》や農作を生業《なりわい》とし、住民たちはお互いに助け合いながら心豊かに暮らしていた。

子供と若い男女が数人ばかりと少なく、殆《ほとん》どが年寄りの寒村であり、時たま世を捨て穏やかな暮らしを求めた人が流れ着いて来る。元々の成り立ちで言えば、世間から爪弾《つまはじ》きにされた逸《はぐ》れ者が集まり作られた集落。その気風が受け継がれているからか余所者《よそもの》にも優しく、ケーニッツで暮らしたいと願う者がいれば拒《こば》むこともない。

麦わら帽子に肩《かた》ひも付きの茶色い革《かわ》ズボン、微かに泥《どろ》の滲《にじ》んだ白いシャツに身を包む農夫。日が昇《のぼ》ったばかりの早朝から畑仕事に精を出す彼もまた、世を捨てケーニッツに流れ着いた一人だった。

春先の涼《すず》しさと穏やかな日差しを全身に浴びながら、収穫《しゅうかく》したばかりの新鮮《しんせん》なキャベツを青空に向かって掲《かか》げる。薄《うす》い緑の葉に艶《つや》やかな水滴《すいてき》、反射する陽光の煌めきを眺めながら浮かべる笑み。

「いい育ちっぷりだなあ」

農夫はまるで宝物を扱《あつか》うような仕草で、地面に置かれた背負い籠《しょいご》へと収穫したキャベツを入れていく。秋まきの種から丸々太った出来栄《ば》え、我《わ》が子の成長を慈《いつく》しむように心から満足していた。

大自然に囲まれゆったりとした時間を過ごし、農耕に励《はげ》んでは時に家畜《かちく》の世話をする。平和な日常の中で嵐《あらし》の日もあれば、些細《ささい》な事件が起こる時もある。村の人々と手を取り合い助け合って暮らす日々。

過去には戦い奪うことしか知らなかった両の手が、何かを生み出し命を与《あた》える。恐れられ、畏怖《いふ》の対象であった自分が誰かの役に立てる。

飽《あ》くなき争いの日々を捨て、ケーニッツに腰《こし》を据《す》え早数年。過去と立場から解放され、今の暮らしに抱《いだ》く充実《じゅうじつ》感。農夫にとって、この穏やかな日々を延々と送ることが何よりの幸せであった。

しかし、争いに身を投じていた者が得た平穏《へいおん》の日々など、長くは続かないもの——。

「おーい、シグっさん！　お客さんだよお！」

隣近所《となりきんじょ》のアルノルト爺《じい》さんから声をかけられ、顔を上げるシグっさん。畑の向こう、手を振るアルノルト爺さんの隣には、茶色い外套《がいとう》を纏う金髪の若い娘が立っていた。

「お客さん？　俺《おれ》に？」

シグっさんは立ち上がり、麦わら帽子のツバをあげて娘をよく眺めるも、遠目からでは顔もよくわからない。一体誰が訪ねてきたんだ、と訝しみながら、農作業で凝《こ》り固《かた》まった肩をほぐしつつ近づいていく。

金髪の娘はアルノルト爺さんに一枚の紙切れを見せ何やら確認《かくにん》している様子。ふんふんと何度か頷いた後で、シグっさんをじっと見据えていた。

「何だ、あの子……」

少し近づいても全く見覚えのない娘。昔の部下でも訪ねてきたのかと思ったが、よく考えれば居場所を知っている部下は城と軍の解体を任せたアンネローゼだけ。それに、知り合いの中でわざわざこの辺鄙《へんぴ》な土地まで足を運びそうな輩も少ない。

「シグっさんによお、この娘っ子が用事あんだって。お前さんの写真持って遠路はるばる訪ねてきたんだとさ」

「俺の写真？」

シグっさんが無表情な娘の前に立つと、アルノルト爺さんはニヤニヤとしながら、シグっさんも隅《すみ》におけねえな、といった嫌《いや》らしい表情を浮かべる。だが、当のシグっさんはこの冷徹《れいてつ》な青い瞳の娘が何者か分からず困惑するだけ。

「さっさと子供こさえてな、村を活気づけてくれよお！　はっは――――！」

「っ！」

アルノルト爺さんはシグっさんの肩をポンと叩き、高笑いしながら去っていく。

娘が持ってきた自分の写真とアルノルト爺さんのあからさまな態度。遂に見合い話が来たか――と悟《さと》ったシグっさんは、やれやれと鼻でため息をつき娘に向き直る。

よく見れば若くてちょっと可愛いじゃないか――と照れながらも、大人の余裕《よゆう》を見せて渋《しぶ》い表情を作るシグっさん。

「そ、それじゃ、む、向こうでお茶でもする？」

「お茶？」

小屋の隣、並べられた丸太椅子《いす》と組み木のテーブルを親指で示すシグっさんに、眉間の皺を寄せる娘。

ちょっとストレートすぎたかな、と伸《の》びた鼻の下を引っ込めたシグっさんは、大人の態度で爽やかなつもりのぎこちない笑顔を作る。内心は見合いで訪ねてきた初対面の娘の緊張をほぐそうと必死だった。

「あ、あ〜、そうか、そうだ！　自己紹介《しょうかい》がまだだったね。俺はみんなからシグっさんて呼ばれてるから、同じように呼んでくれよ。普段はここで農作業手伝っててさ、村の中だと見た目は若い部類に入るから、こう見えて結構頼《たよ》られたりしてる。好きな根菜は大根かな。君の名前は？」

「……リタ」

「はっはあ、リタちゃんね、いい名前だなあ。好きな根菜は？」

「……」

「と、とりあえずさ、お茶淹《い》れるから、あそこ座ってて――」

リタを丸太椅子に促し、急いで小屋に駆け込むシグっさん。ドアを閉め深呼吸、緊張した心を落ち着かせる。

（やばい！　何あの子超《ちょう》暗い、全然上手《うま》く喋れない！）

せっかく訪れた見合いの好機に、娘が放った言葉はわずか四文字。なんで好きな根菜とか聞いちゃったんだろう、と後悔《こうかい》しながらお茶の入った鉄製のポットを左手の平に置き、黒き深淵の炎《ほのお》（弱火）で温める。

一体誰の紹介なんだろうか、と疑問も脳裏《のうり》をよぎるが、今はこのお見合いを成功させることが先決。今時の若い娘が好きそうな話題を一生懸命《いっしょうけんめい》に考えるしかない。

ティーカップ二つを手にシグっさんが外へ出ると、リタは大人しく丸太椅子に座っていた。ひどくつまらなそうにキャベツ畑を見つめ、何か思う所があるのか、心ここにあらずといった様子。

影《かげ》のある横顔に、もしかしたら根っからの都会っ子で、嫁《とつ》ぎ先《さき》候補のあまりの田舎《いなか》っぷりに驚いてしまったのかも——とシグっさんの胸に小さな不安がよぎる。

「お、お待たせ！」

シグっさんは努めて明るく振舞《ふるま》おうと、精一杯の笑顔を作った。娘の事情がどうあれ、こういった出会いは第一印象が大事。

声をかけても全く表情を変えない娘の前にティーカップを置き、もろこしを煮出《にだ》したお茶を注ぐ。

「も、もしかしてリタちゃんって都会育ち？　ケーニッツの村は何にもないところで驚いたかもしれないけど、自然がいっぱいでいいとこなんだよ。このお茶も丘向《おか》こうで取れたもろこしから作ってる。さ、美味しいから飲んでみて」

「……」

シグっさんが片目をつむり右手を添えてお茶を勧《すす》めるも、リタは無表情でお茶を見つめるだけ。

もしや、もろこし茶は失敗だったか、都会育ちにいきなりもろこし茶は難度が高すぎたか、と考えながらゆっくりと丸太椅子に座るシグっさん。沈黙《ちんもく》の中、自分のお茶を口に含《ふく》み、緊張《きんちょう》で渇《かわ》いた喉《のど》を潤《うるお》すことしかできない。

「リ、リタちゃんていくつなの？」

「……十七歳」

「へえ！　意外に若いんだね、大人びてるからもうちょっと上かと思った」

「……」

すぐに途切《とぎ》れる会話。シグっさんはまたしても失敗してしまったのか、と焦る。十七歳といった微妙《びみょう》な年頃《としごろ》は大人びてると言われたら嬉しいんじゃないのか、もしかしたら老《ふ》けてるね、と捉《とら》えられてしまったのか――出ない答えに苦しむ。

遥かな世代差からか、今時の娘が興味ありそうな話題も全くわからない。しかし、シグっさんは大人の男として会話を先導して行かねば、と使命感に駆られていた。

「占《うらな》いとか好き？」

「別に……」

「そっかあ」

そして、再び訪れる沈黙――小鳥の囀《さえず》りさえ耳に聞こえる静けさ、シグっさんのノミの心臓は高鳴るばかり。とりあえずもろこし茶を一口くらい飲んでくれよ、と願うことしかできなかった。

会話をしなきゃ、話題はないか、と考えれば考えるほど何も浮かばず、気まずい時間が流れる。自然な振《ふ》る舞《ま》いをしようとするほど不自然でぎこちなくなってしまい、自分の両手がいつもどこにあったのかさえ忘れてしまうもの。

一体世の中の男女は逢瀬《おうせ》で何を語り合ってんだよ、とシグっさんがどこにぶつけていいかわからない気持ちを抱いた時、

「なぜこの村で暮らしているの？」

「え？」

その気持ちが通じたのか、リタが口を開いた。初めて話題を振られ、シグっさんは戸惑う。

「あなたがここにいる理由」

「あ、ああ、俺のことね。まあ、大それた理由ではないんだけど、大自然の空気が吸いた

かったっていうか、ゆっくり暮らしてみたかったたっていうか……いや」

咄嗟に上辺のとってつけたような理由を喋《しゃべ》ってしまうが、リタの真《ま》っ直《す》ぐな眼差しに少し悪い気がした。せっかく興味を持ってくれたのだから、真剣に向き合ってみよう、自分のことを知ってもらおうと思い直す。

シグっさんは一つ息を吐《は》き、過去を思い出しながら語り始める。

「たぶん、自由になりたかったのかな、なんとなくだけど……俺さ、昔は結構偉《えら》い立場にいてね、いろんな責任とか背負ってずっとやってきたんだ。若い頃はやんちゃだったし、無《む》鉄砲《てっぽう》なところもあって何も考えてなかったけど、仲間と何かを成《な》し遂げたいって想いは強くてさ。まあそれで失敗して、二回くらい捕《つか》まって、入ってる間に色々考え方も変わってきて……あ！　別に怖《こわ》い人とかじゃないからね、昔の話ね」

昔封印されていた過去までつい話してしまい、慌てて手を振るシグっさん。怖い人じゃないよ、と必死に主張する。元とはいえ、やはり伝説で語られる異邦の王とバレたくはないもの。

「と、とりあえずさ、俺がいなくても部下たちの生活はあったし、時も進んでいくしさ。なんか、別に頑張らなくていいんじゃないかなって、もう全部肩の荷を降ろして一からやり直したいなって思っちゃったんだよね……それでこの村に辿《たど》り着いて、居着いちゃった感じかな」

こっ恥《ぱ》ずかしくなってきたのか、最後は早口でまくしたて寂《さび》しげな笑顔で締めくくった。

かつての部下にも話せなかった心情を吐露《とろ》し満足げなシグっさんに、黙《だま》って聞いていたリタが静かに問う。

「なんとなく自由になりたかった……それだけ？」

「いや、まあ、端的《たんてき》に言えばそういうことなんだけど……あれ？」

シグっさんが照れ臭《くさ》そうに頭を掻《か》いていたところで――一変する空気。ティーカップに注がれたもろこし茶は波打ち、不可視の圧力に組み木のテーブルがミシミシと音を立てる。

「なら私は、あなたを絶対に許さない」

目の前の少女から放たれる殺意と怒気《どき》の気配。見合い相手の唐突な豹変《ひょうへん》に、シグっさんは目を丸くしながら絶句した――。

リタは固まるシグっさんに向け、外套の下に隠したブリュンヒルデを引き抜き一気に振り上げる。粉々に弾《はじ》け飛ぶ木製テーブルに、宙を舞うポットと二つのティーカップ。

「もろこし茶ぁ――！」

すんでのところで身を反らしたシグっさんは、飛び散るもろこし茶を見て悲痛な叫びをあげた。しかし、無残なもろこし茶を嘆《なげ》いている暇《ひま》もなく、襲《おそ》いかかってくるリタの回し蹴《げ》り。

飛散する木片《もくへん》をものともせず迫《せま》る高速の蹴撃に、避《よ》けることはできず右手を上げ防ぐ。衝撃《しょうげき》を優しく包み込《こ》み、なるべくリタの足が痛まないよう気遣《きづか》いを見せつつ男気をアピールする。

「ちょっと落ち着こう！　ね！」

「十分落ち着いてるよ。私もね、早く自由になりたいの……あなたを殺して」

「何それやめて！」

しかし、勇者たりえる修練を積んだリタには無用なこと。すぐさま体勢を立て直し、ブリュンヒルデを真っ直ぐに構えシグっさんに向かう。心の臓めがけ放たれる、流れるような刺突《しとつ》。

ここでもシグっさんは格好つけ、片手で剣《けん》の切っ先を捕《と》らえて止める。

「あれ、この剣――っ！」

直後、あっさりとブリュンヒルデから手を放したリタは大きく踏《ふ》み込み、シグっさんの脇腹《わきばら》へ握《にぎ》った左手を振るった。

意表をつき、避ける間も無くめり込む拳《こぶし》――華奢《きやしや》な腕《うで》からは想像のつかない威力《いりよく》は、先ほどの小手調べと違《ちが》う本気の打撃《だげき》であり、防御《ぼうぎよ》する隙《すき》も与えない。

「リタちゃん……そんなパンチ何発打っても効かないよ。こう見えて俺さ、結構頑丈《がんじよう》なんだ」

困ったような笑《え》みを浮《う》かべ、リタを宥《なだ》めるシグっさん。実はものすごく効いている。足とかプルプル震《ふる》えているし、あと二、三発腹に喰《く》らったら悶絶《もんぜつ》して倒《たお》れるレベル。指で挟《はさ》んでいた剣も普通《ふつう》に落とす。

そんなシグっさんの気持ちを知ってか知らずか。侮《あなど》られている、と感じたリタの怒《いか》りは増すばかり。

「本気で戦え、魔王《まおう》シグルズ。手を抜いたあなたを倒しても意味はないから」

「……なんで俺の」

リタは自分の正体を知っている、と気がついたシグっさんは、やっとリタが何者かを察する。

「でも、ちょっとリタちゃんと戦う理由がわかんないな……え、もしかして自分より強い人としか結婚しないタイプ？　リタちゃん戦闘《せんとう》種族とかそっち系？」

この子は昔の部下からの紹介だと。気の利《き》く部下にありがたい気持ちもあるが、欲をいえばもう少しおしとやかで優しい娘を紹介してもらいたいもの。嫁《よめ》として貰《もら》うにはパンチが効き過ぎている。

「戦えぇぇ――――！」

「えぇー!?」

そしてさらにキレるリタ。高まる闘気の奔流《ほんりゅう》が渦《うず》を巻き、シグっさんの麦わら帽子《ぼうし》も彼方《かなた》に吹《ふ》き飛んでいった。間近で受ける尋常《じんじょう》ではない闘気の圧力と物凄《ものすご》い形相に、リタがいろんな意味でヤバい子だとシグっさんは悟る。

「ねえちょっと本当にやめよう！　戦う理由ないし、ほら！　あんまり気合い出すと家壊《こわ》れちゃうから、俺たちの住むとこなくなっちゃうから！」

リタの本気にグワングワンと揺《ゆ》れる簡素な小屋。

一向に敵意を見せない元魔王に業を煮《に》やしたリタは、白シャツの胸《むな》ぐらを掴《つか》み眼前まで顔を寄せ睨《にら》みつける。リタの心にあるのは、あの日ルンベルク城で魔王の眼前に立つと誓ったときとは全く違う気持ち。胸の中には〝勇気〟の代わりに〝怨念《おんねん》〟が詰《つ》まっている。

「さっきから何意味わかんないこと言ってるの。私が勇者であなたが魔王、これ以上に戦う理由が必要？　お伽話《とぎばなし》で聞いたことあるでしょ？」

唇《くちびる》と唇が触れそうな距離《きょり》で〝勇者〟だと自称するリタの突然《とつぜん》の告白。シグっさんは若い娘にグイグイと迫られドギマギしてしまう。

「え、リタちゃんて女の子なのに勇者やってるの？　俺、勇者と結婚するの？」

「……っ」

「あ、ごめん今のなし。結婚じゃなくて決闘《けっとう》だよね、わかってる。ふざけてないよ」

眉間《みけん》に皺《しわ》を寄せたリタのあからさまな舌打ちに、シグっさんは目を逸らして訂正《ていせい》する。

勇者として元異邦の王たる自分を倒しに来た、とシグっさんにもようやくリタの目的が見えてきた。しかし、腑《ふ》に落ちない点もある。自分は復活してから誰《だれ》にも迷惑《めいわく》をかけていないし、争いごとに干渉した覚えもない。ましてや数年前には指導者の座を降りているため、勇者を自称する輩たちに命を狙《ねら》われる覚えもなかった。

「あ、あのさ、リタちゃん。ほんと申し訳ないんだけど、俺もう隠居しててさ。異邦の王とかそういうのやってないんだよ。今はただの農家だから、わざわざ倒しに来ても名誉《めいよ》とか褒賞《ほうしょう》とかないと思うんだ？」

「名誉とかそういうのどうでもいいから。本気の私と魔王が戦って、殺し合って、どちらか一方が生き残る。私が今求めてるのはただそれだけだから」

「え〜、それ……え〜」

無意味で理不尽《りふじん》な要求を口にするリタに、幾度《いくど》となく修羅場《しゅらば》を潜《くぐ》ってきたシグっさんもどう対応していいかがわからない。

今はしがない農夫でも、過去には歴戦の猛者《もさ》を相手にしてきた自負もあるが、理由なき純粋《じゅんすい》な殺し合い《タイマン》を挑《いど》まれるのはさすがに初めてのことだった。

「これは、私の存在証明なの」

リタは幼い頃《ころ》より魔王を倒すことだけを使命として生き、勝利のために身を捧《ささ》げ、全てを犠牲《ぎせい》にしてきた。それを今更《いまさら》取り上げられてしまったら、長年研鑽《けんさん》してきた自身の存在意義そのものが無くなってしまう。力及《およ》ばず負けてしまってもいい、なんとしても魔王と全力で戦う、これだけが心身ともに擦《す》り切れてしまったリタの支えだった。

しかし、言ってしまえばシグっさんにリタの事情は関係ないこと。

「いやいや、意味わからないし。それにさ、若い〝女の子〟相手に本気出すとか無理だから普通に。俺の負けでいいからやめよう、ね？」

あくまで話し合いで解決しようとする困り顔の元魔王。不機嫌《ふきげん》な表情で目を伏《ふ》せるリタは気を削《そ》がれたか、戦おうとしないシグっさんの胸ぐらから手を離《はな》す。

やっと諦《あきら》めたのか、とシグっさんが襟元《えりもと》を正しながら安堵《あんど》していたところ、

「わかってくれ――」

「この手、見て？」

リタは左手のひらをシグっさんの目の前に寄せる。

その手は長年剣を握り続けたせいか固くなった皮がめくれ上がり、タコが何度もできては潰《つぶ》れた痕《あと》がある。もう一生治ることのない傷も走り、およそ年頃の娘のものには見えない。

「こんなの、もう女の子の手じゃないよね」

言ってから自分の手を空にかざし、くるくると回しては寂しげに見つめるリタ。

「小さい頃から修練きつくてさ、もう治らない大きな傷痕《きずあと》とか、痣《あざ》とか、身体中《からだじゅう》にたくさんあるんだ……もう人前で裸《はだか》にもなれやしない」

「……あの」

それら全ては、魔王を討伐《とうばつ》するために努力してできた傷痕だった。

「旅の途中もね、女に勇者ができるかって笑われて馬鹿にされて、意地悪いこともされて。好きで勇者になったわけでもないのにだよ？　なんでかなあ」

過去の思い出を慈しむように口だけで微笑《ほほえ》む。

「それが？　努力して、傷ついて傷ついて傷ついて何年も何年も何年もかけてやっとたどり着いたら……魔王いませんでした？　大自然の中で暮らしたいから引退しました？　笑っちゃうよね」

そのまま目だけ笑わない微笑《びしょう》をリタから向けられ、ゴクリと喉を鳴らすシグっさん。全く身に覚えのないとばっちりだが、かけてあげる上手い言葉も見つからず。なぜか追い詰められている気がして口の中は乾ききっていた。

リタが、あっと何か気づいたように肩を竦《すく》める。

「でもね、魔王が人々への贖罪《しょくざい》のために身を捧げ、何か役に立とうとしてるなら許そうって思ったの。こんな私でも一応勇者の端《はし》くれだしさ、悔《く》い改《あらた》めるならかつての魔王でも見《み》逃《のが》してあげなきゃって」

「そ、それ！　贖罪の――」

「聞いてみたらやっぱり違った。ただ〝自由になりたい〟っていう自分勝手な欲望丸出しの答えだった」

シグっさんは顔を片手で覆《おお》いながら伏せる。完全にあの瞬間《とき》やってしまったのか、と理解。リタが最初大人しかった理由と同時に、下手な言い逃《のが》れはできないと知る。見合い相手が来た、と浮かれていた自分を叱《しか》ってやりたい気分だった。

「だから私も自分勝手に魔王を許さないって決めたの。絶対にね」

明るい声音《こわね》なのに、顔は全く無表情のリタ。さあ始めようか、と言わんばかりにブリュンヒルデを拾い上げて構える。

シグっさんは殺《や》る気満々なリタに慌《あわ》てて手を振り待ったをかけた。

「待って！　ちょっと待って！」

「……なに？」

「あ、あのさ、言い訳がましくなっちゃうんだけど、最終的に魔王討伐《まおうとうばつ》の道を選んだのはやっぱりリタちゃんなわけじゃん。途中で諦めようとか思わなかったの？　リタちゃんが諦めてたら酷《ひど》い目には遭わなかったわけだし。このままじゃ俺、勝手に恨《うら》まれて勝手に襲われてる気分になるからさ、せめて納得《なっとく》の行く理由を聞かせて」

早口でまくし立てる必死なシグっさんの問いかけに、リタはブリュンヒルデの切っ先を下ろす。魔王に納得してもらう必要性は感じないが、理由を話すことでやる気になるのであれば致《いた》し方《かた》ないこと。

なぜ、辛《つら》く苦しい魔王討伐の道を諦めなかったのか――いつかの少女時代、過酷《かこく》な修行《しゅぎょう》から逃げ出した日のことを思い出した。もう五年以上前のこと。

「……私が小さかった頃、こんな日々はもう無理って投げ出したことがあったの。身も心もボロボロのまま屋敷からなんとか逃げ出して、でも途中で倒れちゃって」

語り始めるリタを前に、シグっさんは自分もこの状況《じょうきょう》からなんとか逃げ出せないかと考えるが一分の隙もなく。俯《うつむ》いているようでしっかりと気配は捉えられているため、微動《びどう》だにできなかった。

「そのとき、道端《みちばた》で倒れた私を助けようとしてくれた男の子がいたの。大丈夫《だいじょうぶ》？　って手を差し伸べてくれて……私、家の名前のせいで街の人たちに嫌《きら》われてたから、誰かに優《やさ》しくしてもらったことがなくて、すごく嬉《うれ》しくて。その手をギュッと握り返したの」

良い思い出なのか、リタが初めて見せる優しい笑顔。そんな顔で笑えるのか、とシグっさんはリタに人の心が残っていたことを知る。

「そしたら、どうなったと思う？」

試《ため》されている、ここが運命の分岐点《ぶんきてん》だ――そう感じたシグっさんは、思考をフル回転させ正解への道筋を瞬時《しゅんじ》に導き出し、リタに人差し指を小さく向けた。

「幼く淡《あわ》い恋《こい》が始まった」

「男の子の手がパキュっと潰れたの」

薄い笑みを浮かべるリタに、絶句するシグっさん。（本当に潰しちゃったの？）とは怖くて聞けない。先程《さきほど》受けた拳の威力から、常人とは一線を画す力を持っていることも理解できた。

「やっと気がついたの。私は過酷な修行によりいつの間にか強くなっていた、ただ魔王を倒すための武器になってしまったんだと。もう誰の手も握ることはできない、もう普通の女の子には戻《もど》れないんだって」

リタは脳裏に焼き付いた決意の日に想《おも》いを馳《は》せ、目を閉じる。胸に手を当て、表情は慈《じ》愛《あい》に満ち溢《あふ》れていた。

「あの子は私に進むべき道を示してくれた。だから、片手を潰しちゃった男の子に誓《ちか》って、魔王討伐を諦めることはできなくなったの」

シグっさんは犠牲となった男の子に悪いし、納得いかないと口にすることはできなかった。

「……そっかあ」

それでも、なんとかこの場を収める言い訳がないかとシグっさんは必死に考える。いくらリタに命を狙われようとも戦う理由が全く見当たらないし、そもそも男の子の手を潰して何を勝手に誓っているんだ、と言いたい気持ちもある。

和平には対話が必要不可欠だ、相手のことをよく知り、また相手に自分のことをよく知ってもらえばいい——

シグっさんはいつか誰かに言われた言葉を思い出しながら、怒《いか》れるリタを鎮《しず》めるための糸口を探《さぐ》った。感情的な相手に対し、最初に自分がすべきこと。

「リタちゃんの気持ちは良くわかったし、俺が迷惑かけた事は本当に悪いと思ってる。でも俺にはリタちゃんと争う理由もないし……だから謝《あやま》るよ、本当にごめん」

真摯《しんし》な謝罪――昔の自分にはできなかったが、今の自分ならできる。生まれ落ちてから数百年。二度封印《ふういん》されつつも様々な経験を積み大人になったシグっさんは、悪いと思ったことに対して素直《すなお》に謝罪できるのだ。

ちっぽけな自尊心を捨て、自分と比べれば年端《としは》もいかない小娘《こむすめ》に頭を下げる。以前の部下に見られれば、異邦の王だった者がなんたる体《てい》たらくか、と泣かれる光景かもしれないが、これがシグっさんにできる精一杯《せいいっぱい》の誠意だった。

謝罪するシグっさんに、リタが短い金髪《きんぱつ》を揺らしながら首を傾《かし》げる。

「別に謝らなくていいから殺させて」

「……そっかあ」

対話とか無理だ、とわかればシグっさんにはもうお手上げだった。

目の前の勇者を自称《じしょう》する娘《むすめ》は、異邦の王を打倒《だとう》し何かを成し遂《と》げたいわけではなく、異邦の王と戦うこと自体が最終目標となっている。さすがのシグっさんも、かつてこれほどまでに個人的な殺意を向けられたことはない。

もう全力で逃げよう――そう心に誓うことしかできなかった。

シグっさんが本気の逃走《とうそう》を図ろうとした時、リタが小さなため息を吐いた。問答無用に襲う気配もなく後ろを振り返り、キャベツ畑に向かってゆっくりと歩きだす。

「まあ……そうだよね、あなたには私と戦う理由がない。私だって、これがただの逆恨《さかうら》みだってちゃんと理解しているもの」

「そ、それじゃ――！」

意外と理性的なリタの言葉に、シグっさんは驚《おどろ》いた様子で顔を上げる。暗闇《くらやみ》の中に差し込む一筋の希望。まさか謝罪が通じて許してくれるのか、と淡い期待が膨《ふく》らむ。

「だからね、あなたにも戦う理由が必要だと思うから考えてたの。……私が今からこの畑を破壊《はかい》すれば、その無残な姿を見れば戦う気にもなれるかなって。あなたにとって大切なものなんでしょう？」

「それはやめて！　キャベツに罪はないから！」

キャベツ畑をブリュンヒルデで示し恐《おそ》ろしいことを語るリタに、慌てたシグっさんが止めに入った。丹誠《たんせいこ》込めて作ったキャベツ畑を破壊されるわけにはいかない。

キャベツの破壊者《はかいしゃ》リタを前に、シグっさんは自身が逃げおおせてもキャベツたちが逃げられないことを悟る。自身の予想以上に八方塞《ふさ》がりな現在《いま》の状況、冷《ひ》や汗《あせ》も止まらなかった。

先ほどリタが畑をじっと見つめていたのはこのためか、と今更理解しても、シグっさんにはどうすることもできない。いくら元異邦《いほう》の王とて、収穫前のキャベツを畑ごと逃がすなど不可能なこと。

「なら、選びなさい。私と本気で戦うか、この畑が無残に破壊されるか」

「……っ」

リタがキャベツ畑を質にとり、無慈悲《むじひ》な選択《せんたく》を迫る。

およそ勇者のものとは思えない要求だが、シグっさんはこの交渉《こうしょう》においてすでに敗北している。我が子のようなキャベツたちを前に、取るべき選択など一つしかなかったのだ。

容赦《ようしゃ》のないリタの姿を前に、かつて自分を封印《ふういん》した狡猾《こうかつ》でいけ好かない男の姿も重なる。

「……わかった。リタちゃんと全力で戦おう」

苦虫を噛《か》み潰したような表情を作るシグっさん。

何が悲しくて年端もいかない少女と戦わなくてはならないのか、という疑問も頭の片隅《かたすみ》をよぎるが、自分の過去の行いに対する報《むく》いだと思えば仕方がない。

やっと観念したシグっさんの様子を見て、冷たい笑みを浮かべるリタ。あと少し、もう少しで長かった旅路が終わる。念願だった魔王との死闘《しとう》を前にして、心の中は意外にも穏やかだった。

しかし、

「でも、ここじゃダメだ。俺が本気で戦えば畑どころか村全体に被害《ひがい》が広がってしまう」

「なっ――――！」

この期に及んでもシグっさんは素直に戦おうとしない。

「俺だって良くしてくれた村の人たちに迷惑をかけたくないし、リタちゃんだって無関係な人たちを巻き込むつもりはないんだろ？」

その正論に苛立《いらだ》ちは募《つの》るが、リタ自身私怨《しえん》に誰かを巻き込むつもりなど毛頭ないし、畑も好きで破壊するわけではない。だが、魔王が戦ってくれなければ自身が失ってきた物に意味を持たせられない。

「それに、もうすぐ村のみんなが出てくる時間だし、アルノルト爺さんから頼《たの》まれた俺の畑仕事もまだ終わってない。だから、決闘は明日の早朝にしよう。場所はあの山の中腹にある大きな岩場、そこなら誰に気兼《きが》ねすることもなく戦えるから」

丘向こうの山を指差し決闘を引き延ばそうとするシグっさんに、リタは訝《いぶか》しい表情を向けた。確かに無関係な村の人を巻き込むわけにはいかないが、魔王の言葉はこの場を取り繕《つくろ》う言い訳にも聞こえる。

「そう言って逃《に》げる気？」

「逃げられるわけないよ、俺だって畑を壊されたくないし。……大丈夫、約束するよ。異邦の王シグルズの名において、リタちゃんと戦うって」

シグっさんが精一杯真剣《せいいっぱいしんけん》な表情をつくるも、リタはただ沈黙するだけ。これで引いてもらえなければもうシグっさんに策は残されていない、垣間《かいま》見《み》えたリタの理性に賭《か》けるしかなかった。


春の穏やかな風とは裏腹に、二人の間に流れるピリついた空気。シグっさんにはリタが何を考えているのかわからず、冷たく青い瞳《ひとみ》に睨まれれば緊張感が増すばかり。

このままキャベツたちを守るために戦わねばならないのか、と諦めかけた時――

「――おーい、シグっさーん！」

間の抜《ぬ》けた声が張り詰めた空気を弛緩《しかん》させる。

「じゃが芋《いも》ふかしたんだけどよお！　娘っ子と食いねえ！」

リタの背中の向こうから、アルノルト爺さんが手を振っていた。持っているザルの中からは湯気が立ち上り、蒸《む》した芋がたくさん入っていることがわかる。

シグっさんはこれを好機と取り、大きな声で返事をした。

「ありがとうアルノルト爺さん！　今いくよ！」

全く表情を変えず、ただ真っ直ぐに前を見据《みす》えるリタに、シグっさんは苦い笑いを返す。

「ほ、ほらね。村のみんなの前で戦うわけにもいかないからさ、また明日にしよう？　早く行かないとじゃが芋も冷めちゃう」

「……そう」

シグっさんの必死な思いが通じたか、無関係な人を巻き込めないと理性が働いたのか、ブリュンヒルデを鞘《さや》に納めるリタ。

「明日の早朝、あの山の岩場で待つ」

そう一言だけ告げると、後ろを振り返った。

シグっさんは、リタがこちらの提案を飲みこの場を乗り切ったと安堵する。同時にリタがただの殺人狂《さつじんきょう》ではなく、理性的な判断ができる娘だと理解した。

静かに立ち去ろうとするリタの背中に、シグっさんは恐る恐る声を掛《か》ける。

「じゃが芋食べてく？」

もちろん、返事は無かった――。

木漏《こも》れ日《び》が差し込む薄暗《うすぐら》い森の中、リタは目を閉じ一人佇《たたず》んでいた。思い返すのは、先ほど初めて相対した魔王のこと。

魔王シグルズはリタの不意打ちを難なく避け、後の三連撃も軽くいなしている。小手調べのつもりだったとはいえ、リタは圧倒的《あっとうてき》な力の差を感じざるを得なかった。

（もしかしたら、私一人の力では勝てないのかもしれない）

リタの胸に広がる微《かす》かな不安と焦燥《しょうそう》。未《ま》だ本来の姿を見せていない魔王でもあの強さ、蹴《け》りは簡単に弾《はじ》かれ、ブリュンヒルデの刺突は片手で止められている。本気の拳に至っては確かな手応えもあったはずなのに効いている様子もない。今まで戦ってきた相手とは明らかに一線を画す力だった。

何か手はないか、と考えるも、脳裏をよぎるのは共に歩んできた仲間たちの姿。みんなの力を借りれば勝利の道筋が見えたかもしれないが、私怨に巻き込むわけにはいかないと置いてきた。

魔王との死闘を明日に控《ひか》え、自分が死ぬかもしれない。恐怖《きょうふ》が現実味を帯びてくる。

リタが瞼《まぶた》を開け、青い瞳を覗《のぞ》かせた。その瞳の奥《おく》に宿る決意の光。魔王と戦わない道を選んでしまえば自分は死人同然であり、これまでの人生に価値を見出《みいだ》すことなどできはしない。

（刺《さ》し違えても魔王を倒す）

魔王シグルズにどこまで通用するかはわからない。だが、自分には勇者リタ・ヴァイカートとしての道を突《つ》き進《すす》むことしかできない。

ブリュンヒルデを引き抜き、慣れた正眼の構えをとる。

剣を振るうことに馴染《なじ》んだ両手、相手の間合いへ一歩踏み込むために鍛《きた》えた心。幾《いく》たびの死線を乗り越《こ》えてきた自らを信じ、魔王をこの手で討《う》つと誓う。

リタは溢れでる闘志《とうし》を抑《おさ》えながら剣を振り、明日の決闘のため、自らをさらなる高みへと追い込んでいった――。


――翌日、まだ日も昇《のぼ》りきらない早朝。

リタは指定された岩場にて、真っ赤な日の出を見つめながら魔王の到着《とうちゃく》を待つ。

決闘が始まる前からすでにボロボロの身なりのリタ。昨日の修練は深夜まで続きあまり睡眠《すいみん》も取れていないが、お陰《かげ》で魔王を倒すための新たな技を身に付けることができた。

『星を穿つ《ステラ・デストラクション》』

ガード不能の一撃《いちげき》必殺。威力の強さゆえ、まともに決まれば敵だけでなく自分の身体も無事では済まない。昨日の接触《せっしょく》から予想される魔王の実力を凌駕《りょうが》するため、命を懸ける特《とっ》攻技《こう》だった。

しかし、リタは魔王と刺し違えれば十分。魔王を討伐するための武器として生き、そのために死ぬなら後悔はない。

決死の覚悟《かくご》を胸に秘《ひ》め、あとは魔王の到着を待つだけだった。

――朝の冷たい風を頬《ほお》に感じながら、静かな時が流れる。待っている間にどんどんと日は昇り、朝焼けの空はやがて青空へと変わった。流れ行く穏《おだ》やかな白い雲。

大きな岩場の上で、耳に聞こえるのは小鳥の囀りだけ。


……――。

一時ほど待った頃にはリタも薄々勘《うすうすかん》づいていたが、やはり魔王は来なかった。

▼

ケーニッツ村、牛舎の前で迎《むか》える清々《すがすが》しい朝。穏やかで気持ちの良い日の光を浴びながら、額の汗を袖《そで》で拭《ぬぐ》うシグっさん。一仕事終えた後の表情は、満足感に溢れていた。

続いて出てきたアルノルト爺《じい》さんが、シグっさんの背中をバシンと叩《たた》く。

「いや～助かったよシグっさん、まさかハナが今日産気づいちまうとはな！　シグっさんが気がついてくれなかったら危なかったぜ」

「昨日の夜見に行ったとき様子がおかしかったからさ、何かありそうだなって思ってたんだ。無事産まれて良かったよ」

二人は拳をコツンと合わせ、雌牛《めうし》のハナに子供が産まれたことを喜んだ。

まだ日も昇らない深夜のうちから出産が始まり、今しがた終わったところ。ハナの鳴き声に気がついたシグっさんは、アルノルト爺さんや手伝ってくれそうな村の人を叩き起こしたり、急いで干し草を変えたりと慌ただしい早朝を迎えていた。


牛舎に向かって駆《か》けてくる二つの幼い影。

片方の影を作っていた女の子がシグっさんの足に飛びかかりながら抱《だ》きつき、期待に溢れるキラキラとした瞳を向ける。

「ハナの子供産まれた⁉」

「……う、産まれた？」

続く栗毛《くりげ》の男の子は恥《は》ずかしがりなのか、モジモジとした仕草。子牛誕生の噂《うわさ》を聞きつけ、幼い姉弟《きょうだい》が牛舎を訪ねてきたのだ。

姉のマルティナに弟のニクラス。二人は七歳《さい》、五歳と村で一番年若く、住民たちから我が子のように可愛《かわい》がられている。

　シグっさんも住民たち同様に可愛がっており、よく遊び相手になってあげるので懐《なつ》かれていた。

「産まれたよ。牛舎の中でイルゼ婆《ばあ》さんが見てるから、二人も一緒《いっしょ》に見てくるといい」

「ほんと⁉　見てくるー！」

　パッとシグっさんの足から離れ元気よく走り出すマルティナ。対照的に、ニクラスは少し戸惑《とまど》っている様子。

「こ、この中……入っていいの？」

「ああ、お姉ちゃんと見ておいで」

　シグっさんはニクラスに笑いかけながら、頭をポンと撫《な》でてやる。普段《ふだん》は牛がいて危ないから入ってはいけない、と言い聞かせられているため、幼子が言いつけを破っていいのか躊躇《ちゅうちょ》していることはわかっていた。

「う、うん！　見てくる！」

　大人の許可を得て、ニクラスは満面の笑みを浮かべる。小さな背中をシグっさんから優しく押《お》され、牛舎の中に駆け込んでいった。

きゃっきゃとはしゃぐマルティナの声が響《ひび》く牛舎を背に、クッと伸《の》びをするシグっさん。慌ただしい朝の始まりだが、のんびりとした毎日の中にある嬉しい刺激《しげき》に満足げな様子だった。

「朝飯まだだよな？　じゃが芋余ってっから蒸してやるよ」

「お、助かるよ。あとでバター持ってくから」

シグっさんは日頃《ひごろ》からお世話になっているアルノルト爺さんに手を振り、小屋に向かう。

村のみんなと分け合い、助け合う。かつての自分では想像もできない生活、ゆったりとした素晴《すば》らしい日々。こんな世界を経験したことがなかったシグっさんの気持ちは、隠居《いんきょ》して本当によかった、と思えるほど充実《じゅうじつ》していた。

（――そういえば塩はあったかな）と台所事情を思い出しながら足早に帰るシグっさん。

まあ、家に戻ればわかるか、と頭を掻いたところで、小屋の前で佇む人影《ひとかげ》に気がつき立ち止まる。

「……」

遠目からでもわかる殺意の波動――。

今日のとっても大事な予定を思い出したシグっさんは、少し後ずさりしながら両手のひらを前に出し『ちょっと待ってください』の格好《ポーズ》をとる。焦《あせ》りで声も出ないが、表情は真剣《しんけん》そのもの。

シグっさんの格好など構いもせず、一歩、また一歩とゆっくり歩を進める短い金髪の娘。うまい言い訳も考えつかないほど焦るシグっさんとは裏腹に、娘の足取りは落ち着いたもの。ただし、身体から溢れる怒気だけは凄《すさ》まじい。

(キャベツ畑が殺される――！)

そんなことしか考えられずに混乱した頭で固まるシグっさんだったが、娘にとってもはやキャベツ畑の運命などどうでもいい。

「リ、リタちゃん！　落ち着こう、落ち着いて話し合えばわかるから！」

シグっさんがカラカラの喉《のど》で絞《しぼ》り出した声。しかし、リタは歩みを止めず何事かをぶつぶつと繰《く》り返しながら片手を前に翳《かざ》す。

リタの一連の所作を見たシグっさんは、脳裏《のうり》をかすめた不安を口にせずにはいられなかった。

「……あれ、もしかして何か詠唱《えいしょう》しちゃってる？」

次の瞬間、シグっさんとリタの間に黄緑色に光った幾何学《きかがく》模様が現れる。地面と垂直に、ぐるりと円を描《えが》きながら一周すると、浮かび上がったのは魔法陣《まほうじん》――。

走り出したリタが躊躇なく飛び込むと、魔法陣は光《ひか》り輝《かがや》きリタの身を急加速させる。

「っ！」

リタが好んで使う〝加速投射《アクセラレータ》〟は基礎的《きそてき》な形成級魔術《イエツイラまじゆつ》だが、通常は矢や投擲物《とうてき》を遠方へ射出するために使う魔術。いわば砲台《ほうだい》であり、人の体重を射出すれば凄まじい威力となる。しかし、身体が鍛え上げられていない者が飛び込んでも加速の負荷《ふか》に耐《た》えられるわけはなく、厳しい鍛錬《たんれん》を積んだ戦士だからこそ為《な》せる技。

風を切る矢のような速さで迫り来るリタに、止める間もないシグっさんは身構えた。

標的の目前まで迫り、リタは左足で地面を抉《えぐ》りながら身を翻《ひるがえ》す。軸足《じくあし》をそのままにブリュンヒルデを抜剣《ばつけん》し、回転しながら叩き込んだ――が、横薙《よこな》ぎの一閃《いっせん》は空を切る。

高速の突進《とつしん》と真横に振《ふ》るわれた剣撃、シグっさんの逃げ道《みち》は真上だった。不意を衝《つ》かれようと元異邦の王、平和に腐《くさ》った本能でも難なく回避《かいひ》する。

シグっさんが自身の跳躍力《ちょうやくりょく》に、まだまだ現役《げんえき》でやれるな――と惚《ほ》れ惚《ぼ》れしていたのも束《つか》の間《ま》、抉られた地面に違和感《いわかん》を覚える。

（――わざわざ減速させた？）

速度に乗った勢いを殺した上、効率の良い刺突ではない――ハッと気がついた時にはもう遅《おそ》かった。

直線の加速と大きく振るわれた横薙ぎの剣により、後ろと左右に避ける選択肢《せんたくし》を奪《うば》われ、逃げようのない空中に誘導《ゆうどう》されている。

最初の一撃を避けられることがわかっていたように、上へと向かって刺突の構えを取るリタ。鍛え抜かれた肉体に宿る内なる力を練り上げ、全身を白い光が包み込む。

「蓄積展開《ストツク》」

リタが小さく呟《つぶや》くと同時に、空中のシグっさんとの間を繋《つな》ぐように黄緑色の魔法陣が七つ発現した。

並ぶ加速投射《アクセラレータ》の陣《じん》は己《おの》が身を高速の砲弾《ほうだん》として放つ単純な仕掛《しか》けだが、魔法陣の蓄積《ストツク》は詠唱の分だけ長い無呼吸運動のようなもの。展開する陣の数を重ねれば重ねるほど難易度が高くなる。

両者の間に重ねられた陣、予想されるのは超加速《ちようかそく》による凄まじい威力の突撃《とつげき》――防ぐことも避《よ》けることもできない距離。

しかし、間隔《かんかく》の短い多重魔法陣による加速の乗算を駆け抜ければどうなるか。

リタの思惑《おもわく》を察したシグっさんは叫《さけ》ぶ。

「やめろ！　死ぬぞ！」

どんなに鍛え上げられようと、生身の肉体で急加速の重ねがけを行えば全身の骨はバラバラになる。ましてや、何かにぶつかれば即死《そくし》してもおかしくはない。なんとかして止めなければ、とシグっさんに生じる焦り。
魔王を討伐する――命を狙われているとはいえ、こんな下らない使命のために女の子を死なせることなどシグっさんにはできない。しかし、跳《と》んでいる自身にも避ける術《すべ》はなかった。

「星を穿つ《ステラ・デストラクション》――」

一陣の風と白い光を纏《まと》い、躊躇《ためら》うことなく加速投射《アクセラレータ》に飛び込《こ》むリタ。

最初の魔法陣が光り輝いて弾ける。上へと向かう加速は身体にかかる負荷も強いが、魔法陣の先に魔王シグルズを捉《とら》え真《ま》っ直《す》ぐに突き進んだ。

さらに二つ目の魔法陣を潜《くぐ》り抜け再加速。身体中の肉がミチミチと音を立てる。

そして三つ。骨が軋《きし》み始め、視界の周囲がトンネルのように暗くなり狭《せば》まっていく――リタも昨夜の修練ではここまでしか試しておらず、四つ目の加速からは意識を保てるかどうか。

最後は肉の塊《かたまり》になろうとも、超加速の刺突《しとつ》である星を穿つ《ステラ・デストラクション》をまともに喰らえば魔王に相当なダメージを与《あた》えるはず。そして、確実に仕留められる距離。

死闘を望みながらも、結果的には怒《いか》りに身を任せた奇襲《きしゅう》となってしまったが、魔王《まおう》に一矢《いっし》報《むく》いた、とリタは満足していた。

黄緑色に光る次の陣を目の前に、リタの視界は闇《やみ》に染まる――。

▼

蒸したじゃが芋の上で、じわりと溶《と》けるバター。立ち上る湯気に香《こう》ばしい匂いが加わり食欲が唆《そそ》られる。十字に裂《さ》けた部分から皮を剥《は》ぎ塗《まぶ》される塩。光沢《こうたく》を放つじゃが芋を齧《かじ》れば、塩《しょ》っぱさと香ばしさが口の中いっぱいに広がった。

「美味《うま》ーい!」

シグっさんにじゃが芋を食べさせてもらい、飛び跳《は》ねてははしゃぐマルティナ。

「こらマルティナ、お姉ちゃんなら自分で持って食べなさい」

「嫌《や》だ、シグっさんに食べさせてもらうの!」

まだまだ甘《あま》えたい盛《さか》りなのか、イルゼ婆さんに叱られてもシグっさんの後ろに隠《かく》れるだけ。幼い弟のいる姉、と我慢《がまん》をしなければならない立場でも、たくさん構ってくれるシグ

っさんが大好きだった。

全く困ったもんだ――と言わんばかりの目をイルゼ婆さんから向けられても、シグっさんは苦い笑いを返すしかない。

「将来は嫁《よめ》さんが二人か！　シグっさんも大変だなあ！」

「いや、あの子はそういうんじゃ」

「照れんなよお！　若くて別嬪《べっぴん》さんじゃねえか！　うちのババアとはえらい違《ちげ》えだしよ、できれば代わって欲《ほ》しいくらいだぶっ――――！」

隣《となり》で満面の笑《え》みを浮《う》かべていたアルノルト爺さんの顔面にめり込む拳《こぶし》。老いても容赦のないイルゼ婆さんが右ストレートを見舞《みま》った。

マルティナとシグっさんは、丸太椅子《いす》から転げ落ちるアルノルト爺さんに至極《しごく》残念そうな目を向ける。

「今はこんなお婆ちゃんになっちゃったけど、昔はいろんな男に言い寄られてモテたのよ。このクソジジイもあたしのこと追っかけてきてしつこかったんだから」

怒りの形相から一転、急に乙女《おとめ》の顔を作る白髪《しらが》頭のイルゼ婆さん。老夫婦《ろうふうふ》の仲睦《むつ》まじいやり取りを見て、やっぱりお嫁さんは優しい人がいいな、とシグっさんは改めて思う。

「それにしても、シグっさんが遂《つい》に結婚《けっこん》するのねえ。なかなか女っ気がないから少し心配してたのよ、近隣《きんりん》の村にも良い子がいないか聞いたりして」

　それを毎日のように聞かされていたので、ついにお嫁さんが来たか、と期待していたわけだが、やって来たのは勇者の皮を被《かぶ》った殺人娘だった。

　シグっさんも皆《みな》になんと説明したらよいか分からず、リタの素性《すじょう》を曖昧《あいまい》にしたために「嫁が来た」と騒《さわ》がれている。とりあえずこの場はなんとか凌《しの》ぎ、リタに帰ってもらった後で「親戚《しんせき》の紹介《しょうかい》で来た娘で、縁談《えんだん》は上手《うま》くいかなかった」と説明する方針。しかし、その目論見《もくろみ》はリタが大人しく帰ってくれなければご破算となる。

「今日は村を挙げてお祝いしなきゃねえ」

「あ、ありがとう」

　イルゼ婆さんの冷やかしに構う余裕《よゆう》もなく、リタはいつ起きるのか、とシグっさんがそわそわしていたところ――じゃが芋を頬張《ほおば》る四人の下にニクラスが走ってきた。

「お姉ちゃん起きたよ！」

　シグっさんの胸がドキリと高鳴った。

　皆には「急に眩暈《めまい》を起こして倒《たお》れた」と言ってあるため怪《あや》しまれてはいないが、起きたリタがどう出るのかで状況はガラリと変わってくる。

　ニクラスの背中の向こうからゆっくりと歩いてくる金髪の娘に気がつき、シグっさんは呼吸をするのも忘れてしまった。

リタが近づくと、四人の視線が一斉《いっせい》に集中する。老夫婦はニヤニヤと、幼い少年は不思議そうな顔、幼い少女はちょっと不機嫌《ふきげん》そうな表情で。

シグっさんだけが手を口の前で組んで俯き、ダラダラと冷や汗を流す。

（ここでおっ始《ぱじ》められたら本当にどうしよう――）、最悪のケースを想定し、一気に高まるシグっさんの緊張《きんちょう》。

しかし、

「おはようございます」

リタは外套《がいとう》の端を少しつまんで姿勢をチョンと下げ、普通《ふつう》に挨拶《あいさつ》をするだけだった――。

シグっさんはリタのしおらしい姿に衝撃《しょうげき》を受け固まる。先ほどまで自分に向けていた殺意や怒気《どき》はどこに行ったのかと。

丁寧《ていねい》に挨拶をするリタに気を良くしたのか、イルゼ婆さんがニヤニヤとしながら立ち上がる。

「あなたがリタちゃんねえ、みんなから話は聞いてるわよ。ささ、リタちゃんもこっちに座《すわ》ってじゃが芋食べなさい。これからあたしたちは家族みたいなもんなんだから」

「家族、ですか?」

ふふ、恥ずかしがっちゃって、と笑みを浮かべ、リタの手を引きシグっさんの隣に座らせるお節介《せっかい》なイルゼ婆さん。ニクラスは興味津々《きょうみしんしん》にリタを眺《なが》め、隣のマルティナが両の頬を膨らませる。

そして、青い顔をしたシグっさんは、素直に座るリタから視線を逸《そ》らした。目を合わせた瞬間に襲《おそ》いかかってきそうで怖《こわ》かったのだ。

「なあに緊張して黙《だま》っちゃってんだよシグっさん！　ほれ、リタちゃんにじゃが芋とってやりな」

「え……あ、そ、そうだね！」

陽気なアルノルト爺さんとは裏腹に、不自然に硬いシグっさんの声。リタにじゃが芋を取ってあげる行為《こうい》が戦闘《せんとう》開始のきっかけになりかねないし、そもそも宿敵である自分から受け取るのか。不安と疑問が胸の中で交錯《こうさく》するが、怪しまれないためにもやり遂げなければならない。

シグっさんは震《ふる》える手を伸ばしてじゃが芋を掴《つか》み取り、ゆっくりとリタに差し出した。

「ほ、ほら、食べなよ！　美味《おい》しいから！」

敵意は無い、と無理に作った笑顔《えがお》は緊張で歪《ゆが》み、ものすごく気持ち悪い表情となる。

「……」

——一瞬《いっしゅん》の沈黙《ちんもく》。

このまま受け取ってくれなかったらどうすればいい、とシグっさんに不安が過ぎったとき、リタは口を開いた。

「ありがと……」

そして、渡《わた》されたじゃが芋を両手の指先でちょこんと受け取り、まじまじと見つめる。

（普通に受け取った——！）

シグっさんは恐ろしい猛獣《もうじゅう》に餌《えさ》をやるかの如く速攻《そっこう》で手を引っ込め、膝《ひざ》の上に置く。高鳴る心音と渇《かわ》いた喉。リタから目を逸らし、バっと前を向く。

芋を見つめるリタを横目でチラチラと覗き、一体何を考えているのかと気が気でない様子。

そんなシグっさんの気持ちを知ってか知らずか、リタは澄《す》ました顔で小さな唇《くちびる》を開け、蒸したじゃが芋をかじる。

「ん……」

口の中で広がるバターの香りと、芋と塩の甘じょっぱさ。

昨日から何も食べていなかったリタの口は、喜びに打ち震えるかのように唾液《だえき》で溢れ、舌はより味覚を刺激される。

蒸したじゃが芋という簡単な調理だが、久しぶりの味わい。リタの胸の中に溢れたのは素直な感想だった。

「――美味しい」

その言葉を聞いた瞬間《しゅんかん》、シグっさんはハッとした表情でリタの方に振り向く。そんな感想を言って欲しくて、もろこし茶を出したことを思い出した。

嬉しくなったシグっさんは、あのときに言おうと考えていた台詞《せりふ》でまくしたてる。

「美味しいでしょ！　ケーニッツの村は新鮮《しんせん》な野菜が沢山《たくさん》採れるし、土も良いから美味しくて栄養満点なんだよ。まだまだおかわりあるからどんどん食べて」

「う、うん……」

ケーニッツ村を褒《ほ》めながら急にテンションを上げ、じゃが芋をもう一つ寄こすシグっさんに、リタも困惑《こんわく》の表情を浮かべる。両手で持ったじゃが芋もまだ一口しか食べていない。

二人のやり取りを意味深な笑顔で眺めていたイルゼ婆さん。

「こらシグっさん、レディの食事をあんまり急《せ》かすんじゃないよ。このせっかちなジジイじゃあるまいし」

「たっは！　ババアはレディじゃねえから早く飯食って仕事しろってなあぶし――！」

華麗《かれい》な裏拳《うらけん》をアルノルト爺さんの顔面に決め、丸太の椅子から叩き落とす。歳にそぐわない身のこなし。

後ろにすっ転がったアルノルト爺さんを、ニクラスが芋を片手に覗き込んだ。

「大丈夫《だいじょうぶ》？」

「ったりめえよ、何年この拳喰《こぶしく》らってると思ってんだ！　はっは──！」

ニクラスに手を引かれ、楽しそうに笑いながら起き上がるアルノルト爺さん。隣のイルゼ婆さんが、いつものように不機嫌そうな表情をわざとらしく作り、鼻をふんと鳴らした。

仲睦まじい老夫婦のやり取りに、くすくすと小さな声が漏《も》れる。

「──」

リタが口元を押さえて笑ったのだ。初めて見せるリタの楽しげな笑顔、それは一見するとごく普通の女の子と全く変わらないもの。（異邦の王を前にした勇者も笑うんだな）と不思議な気持ちになったシグっさんは、芋をかじりながらリタの横顔を眺めた──。

イルゼ婆さんが服も髪《かみ》もボロボロだったリタを川辺の洗い場に連れていき、子供たちは家に一度帰宅。残ったシグっさんとアルノルト爺さんは、キャベツ畑に行って収穫《しゅうかく》の続きを始めた。

昨日シグっさんがかなり頑張《がんば》ったので残すところもあと僅《わず》か。休憩《きゅうけい》を挟《はさ》んでゆっくり仕事をしても、夕方には終わるというところだった。

シグっさんは丸々太ったキャベツを背負《しょ》い籠《ご》に入れながら、先ほどのリタが自分の隣に座り笑った意味を考える。あんなに殺すと言ってきたのに、もう襲ってくることはないのだろうか、寝《ね》て起きたらスッキリして諦《あきら》めてくれたのだろうか。それとも、村の人の前だから大人しく振舞《ふるま》っていたのか——いくら考えても答えは見つからず、リタに直接尋《たず》ねるしかない。

「おーい、シグっさん！　茶ぁ飲もうや！」

「わかった！　もろこし茶取ってくるよ！」

畑の向こうで腰《こし》を揉《も》みながら叫ぶアルノルト爺さんに、シグっさんは手を振った。

▼

夕方——これから日も落ちようとしていた頃《ころ》。
村の広場には篝火《かがりび》が灯《とも》り、住民たちのほとんどが集まっていた。大きなテーブルには各家庭が持ち寄った食材が並び、皆楽しげな様子で先走った酒を飲《の》み交《か》わす。めでたいことがあった日には、村人みんなで分かち合う、それがケーニッツ村の風習だった。

これから楽しい酒宴《しゅえん》が始まろうとしている中、仕事を終えてやってきたシグっさんは、ダラダラと冷や汗を垂れ流す。

「よっ！　待ってました！」

「シグっさんおめでとう！」

村人が口々に届ける御祝《おいわ》いの言葉は、

「やるじゃねえか、若い娘《むすめ》と結婚するんだって？」

「都会のお嬢様《じょうさま》だってよ！　まったく、うちのカカアと交換《こうかん》してほしいぜ！」

「あんた今なんつった？」

まるで呪《のろ》いのようにシグっさんを追い詰《つ》めた。

そして、あれから何をしていたのか姿を見せないリタ。集まった村の老人やおっさんおばちゃん連中を見回しても見つからない。

「えっと、これは……」

「はっは、驚いたろ？　ババアがシグっさんの結婚をお祝いするってうるせえからよ、どうせなら村の皆《みんな》集めてパーっとやろうってな！」

「へ、へえ！　嬉《うれ》しいなあ！」

憎《にく》いねこの、と肘《ひじ》で突いてくるアルノルト爺さんに構っている余裕はなく、シグっさんはなんとしてもリタを見つけ、早く事情を説明しなければならなかった。

　このままではリタをまた怒《おこ》らせてしまうかもしれないし、リタが帰ったら帰ったで村のみんなとも気まずくなる。

「リタちゃんは？」

「お！　早速嫁《さっそくよめ》さんが恋《こい》しいってか？　なに、安心しろよ。なんか眠《ねむ》そうだったからってうちの婆さんが家で布団《ふとん》貸してよ、さっき起きて今おめかししてる真っ最中だ」

「へえ！　ちょっと――」

「おっとシグっさん、そっちじゃねえよ。主役はあっちだぜ」

　アルノルト爺さんの家に行こうと振り返るも、がっちり掴まれるシグっさんの腕《うで》。今すぐにでもリタの下へ駆けつけたいが、村のみんながそれを許さない。

「早く飲もうぜシグっさん！」

「俺《おれ》ら待ちくたびれてんだよ！」

　もうすでに酒臭《さけくさ》いおっさん連中までシグっさんの下に集まり、肩《かた》に手を回す。

　村人たちからは逃げられない――かつては魔王とまで呼ばれたシグっさんだったが、今では村で新参のしがない農夫。色々お世話になった手前、酒を勧《すす》められれば断ることなどできなかった。

あれよあれよと広場の中央へ連れていかれるシグっさん。お祝いでしか飲めない上等なぶどう酒が手渡《てわた》されると、巻き起こる一際《ひときわ》大きな歓声《かんせい》。それはかつての仲間たちから受けた賛美と同様に気持ちの良いもの。

シグっさんはふっと息を吐《は》き、期待に応えるよう凛々《りり》しい顔つきで酒の入った杯《さかずき》を掲《かか》げる。

「みんな、ありがとう!」

そして、村人たちからの大きな拍手《はくしゅ》と口笛に包まれながら、もうどうにでもなれ、といわんばかりの気持ちで酒をあおった。

シグっさんの一言で始まった村を挙げてのどんちゃん騒ぎ。新参だがよく働くと評判のシグっさんに嫁が来た、これが飲まずにいられるか。皆祝いたいのか飲みたいだけなのかわからないが、シグっさんの結婚を心から喜んでいた。

――美味《うま》い酒を飲み上機嫌《じょうきげん》。弾ける笑顔のシグっさんが、村のおっさん連中から羨《うらや》ましいと背中をバシバシ叩かれていたとき、イルゼ婆さんに連れられた金髪《きんぱつ》の娘がやってくる。旅人のようだった外套ではなく、可愛らしいフリルのついた町娘《まちむすめ》の服装。

村の連中が「お? お?」と花嫁《はなよめ》の登場にニヤニヤしながら騒《ざわ》めき、シグっさんが一瞬にして素に戻《もど》った。

見ず知らずの村人の集まりにキョロキョロとするリタは、イルゼ婆さんに手を引かれてシグっさんの隣に座らされる。特に嫌がるそぶりも見せず、素直《すなお》に従っていた。

真顔で固まるシグっさんにイルゼ婆さんが囁《ささや》く。

「リタちゃんのこと、大事にしてやるんだよ」

ポンと軽く叩かれる肩。しかし、シグっさんはそれどころではなく、隣に座るリタにこの状況《じょうきょう》をなんと説明したらいいのか、と頭が一杯だった。

「リ、リタちゃ――」

「ね！　リタちゃんはどこの生まれなんだい？」

「まだ若いんだってね、歳はいくつなの？」

シグっさんが声をかけようとしてもリタに群がるご婦人連中。シグっさんの嫁は若い娘らしい、と噂で聞けば、興味が湧《わ》かないはずはなかった。

リタは村人たちからの質問に嫌な顔をせず答えて行く。

「故郷は、ここからだと海の向こうにあるスラウゼンです。そこのパータインという町に住んでいました。歳は十な……十八に、なります。あの、今日で」

「え、今日誕生日なのかい⁉」

「十八ならもう成人してるね！　リタちゃんもお酒飲みなさいな！」

リタちゃん誕生日だってよ——と誰《だれ》かが叫べば、山びこであっという間に広がる村人たちの歓喜《かんき》。がさつなご婦人たちはリタに杯を持たせ、無遠慮《ぶえんりょ》に酒を注いでいく。

リタは困惑しながらも、これが婦人たちの好意だと理解し断ることもできなかった。

（リタちゃん。本当、誕生日に色々とごめん……）

シグっさんは、やんやされるリタに向けて心の中でつぶやき、遠い目を送る。大丈夫かな、あとでぶっ殺しにこないかな、と内心は冷や冷やだった。

シグっさんの気持ちとは裏腹に、村人たちからリタに送られる盛大《せいだい》な拍手と歓声。

「おめでとうリタちゃん！　今日は最高の日だね！」

「グイッといっちゃいな！」

それを受けたリタは杯を唇に寄せて一口啜《すす》る。アルノルト爺さんが都で買ってきた値段の高いぶどう酒だが、リタにとってはただ酸《す》っぱくて苦い味、それにアルコールの変な匂《にお》い。しかし、生まれて初めて飲むお酒に、少しだけ大人になれた気がした。

いい飲みっぷり、と誰かが叫び、他の者が口笛で囃《はや》し立てる。リタが一口啜るたびに酒は足され、シグっさんも飲めよ、と肩を叩かれながら煽《あお》られた。

シグっさんはチビチビと酒を飲む勇者を隣に、もうあとで全力の謝罪をすれば許してくれるはずだと思うことにして、現在《いま》を楽しむしかなかった――。

宴《うたげ》もいち段落し、村人たちが余計な気を回したのか、急に二人きりとなるリタとシグっさん。

相変わらずお酒を啜るように飲むリタに向け、シグっさんはここぞとばかりに謝罪しようとするが、怖くて顔を直視できずまごついてしまう。

リタもぶどう酒の杯を両手に持ったまま膝の上に置き、じっと何かを考えている様子だった。

また二人に訪《おとず》れた沈黙の時間――。

酒を飲んでも舌が回らないシグっさんが、一体世の中の男女はどうやって仲直りしてるんだよ、とどこにぶつけていいかわからない気持ちを抱いた時、

「なんか、良い村だね」

「え？」

その気持ちが通じたのか、リタが口を開いた。ケーニッツの村を褒める意外な言葉に、シグっさんは戸惑うしかない。

「私、家の名前のせいで故郷の街の人たちから嫌《きら》われてるって言ったじゃない？　それに、

あの旅もあって……だから、人生でこんなにたくさんの人に誕生日を祝ってもらったことなかった。……ちょっとこそばゆくて、すごく、嬉しい。なんだか生まれてきて良かったんだなって」

リタは少し俯《うつむ》き、照れ臭《くさ》そうな表情を見せる。

「そう、なんだ……」

隣のシグっさんも、リタがこの宴を楽しんでくれていると知り安堵《あんど》するが、同時に申し訳ない気持ちも込み上げてきた。

流れでリタの誕生日もお祝いしているが、あくまでこの集まりは〝シグっさんとリタが結婚する〟といった勘違《かんちが》いから始まっている。リタがどんなに楽しんでくれようと、どうしてもそこは謝罪しなければならなかった。

「あの、この宴会《えんかい》なんだけどさ。なんか、みんな勘違いしちゃってて……」

「わかってる。みんな、私があなたのお見合いに来た相手だって思ってるんでしょ」

「……うん、ごめん」

「いいよ別に。あなただって魔王の正体とか明かせないわけだし、自分を討伐《とうばつ》に勇者が来たなんて言えないこともわかるから。でも、遠い親戚とかもっと上手い言い訳はあったと思うけど」

リタはこの状況がどういった経緯《いきさつ》のものか理解した上で、シグっさんのついた嘘《うそ》に付き合っている。それを知ったシグっさんに、あんなに殺したがっていたのにどうして、と疑問が浮かんだ。自分の人生を縛《しば》り付ける鎖《くさり》となった魔王が目の前にいるのに、穏やかに上等な酒を啜るだけ。

シグっさんが気まずくて聞くに聞けずにいる、と察したのか、リタは小さなため息を吐いてから語り出した。

「私……あのとき目の前が真っ暗になって、死んだと思ったの」

リタの言葉に、ピクリと眉《まゆ》を動かすシグっさん。

決死の覚悟で放たれた星を穿つ《ステラ・デストラクション》は、まともに喰《く》らえば大きな傷を負うか、当たりどころが悪ければ死ぬのは間違《まち》いない。放ったリタも七つ全てを通っていれば再起不能はほぼ確実であり、対象に決まっていれば死が待っていた。

「確実に仕留められると思ったし、魔王を倒せるならそれでもいいかなって、穏やかな気持ちだった。やっと解放されるって、満足して」

「そう……なんだ」

穏やかな気持ちで殺されてはたまったものではないが、シグっさんは納得《なっとく》した素振《そぶ》りで相槌《あいづち》を打つ。否定したくても、なんとなくそういう空気じゃないなと察していた。

そんなシグっさんの気持ちをよそに、自嘲《じちょう》するようクスリと笑うリタ。

「でもね、目が覚めたとき、私なんて思ったかわかる？」

試《ため》されているわけではないが、リタの質問にシグっさんは腕を組んだ。長年死線をくぐり抜《ぬ》けていれば、自分も何度か同じ経験をしている。死の瀬戸際《せとぎわ》から目覚めて、最初に思うこと。少し考える仕草は取っているが、そんなことはわかっているし、決まりきっていた。

「腹減っ――」

「生きてて良かった、そう思ったの」

うんうんと頷《うなず》き、出かけた言葉を飲み込むシグっさん。表情は真剣そのもの。互《たが》いに数々の死闘《しとう》を潜り抜けてきた共感で、同じことを思っているふりをした。

「それに気がついちゃったら、死んでも殺すなんてもう考えられないよ。だって、生きていたいもの」

困ったように微笑《ほほえ》むリタ。魔王を討伐する武器となったはずなのに、もう道は戻れない、死んでもやり遂《と》げる。そう誓《ちか》ったはずなのに、〝生きたい〟という矛盾《むじゅん》。

それはリタの擦《す》り切れた心の中で、微《かす》かに光る宝石のようだった。使命のために尽《つ》くして全てを捨ててきたが、別の生き方だってあるはずだと、初めて思うことができたのだ。

「だから、こう考えることにしたの……あの瞬間、勇者であるリタ・ヴァイカートは死んで、私は生まれ変わった。これからは普通の女の子、リタとして生きるって。……別に魔王倒《まおうたお》す必要ないんだし、いいよね？」

リタはニッと嬉しそうに笑ってから、「誕生日だし」と付け加えた。

自分を生きる――小さな気づき。とてもすぐ傍《そば》にあるのに、これまでのリタは全く気がつかなかったもの。

「素晴らしいね」

シグっさんも過去を思い出せば、たくさんの願いや期待を背負い、仲間に尽くしてきた。それは自分にしかできないことだと、やらなきゃいけないことなんだと。

しかし、いざ自分が居なくなってみても、何事も無かったように時は進む。みんなも苦労はあるけれど、なんだかんだ上手くやっていける。

その事実に気がつけば、あんなに誇《ほこ》らしかった自分は酷《ひど》くちっぽけで、惨《みじ》めな物のように感じられたのだ。

テーブルに杯を置いたリタは、両腕《りょううで》をあげてクッと伸びをした。白い肌《はだ》の頬《ほお》は酒を飲んだせいかほんのりと赤く染まり、どこか気持ち良さそう。生まれ変わった清々《すがすが》しい気分がシグっさんにも伝わってくる。

「それにね、あの時のあなた、私に手心加えたでしょ？」

「手心？」

「うん。何されたかわからないけど、全力の一撃《いちげき》を無傷で止められちゃったし。勇者としても勝ち目はなかったよ」

肩をすくめるリタに、シグっさんは笑うしかなかった。改めて、勇気ある女の子が本気で異邦《いほう》の王を倒しにきた事実に。それも一人で。

「はっは、そもそも勇者を名乗る者は仲間を連れてくる。一人で倒しにいこうなんて普通は思わないよ」

勇気と無謀《むぼう》の差。リタも、一人だって勝てる、と思い上がりはなかったが、仲間を私怨《しえん》に巻き込むことなどできなかった。それに、パオル以外あんまり一緒《いっしょ》に戦ってくれたこともない。

「でもさ、リタちゃんて本当は戦いで人を殺すのは好きじゃないんでしょ？」

「どうして？」

「だって、リタちゃんの剣《けん》は刃《やいば》が潰《つぶ》れてた。あれじゃ切れないよ」

シグっさんは気がついていた。リタの持つ剣が全く切れない模造品であることに。先は尖《とが》っていても、殺傷能力が段違《だんちが》いに低く、それは本来のリタが殺しは好まないことを窺《うかが》わせていた。

「撲殺《ぼくさつ》できるよ、あの剣すごく頑丈《がんじょう》だから。切っ先も頑張れば刺《さ》さるし。旅に出る時、大事な剣だから持っていきなさいって言われたから使ってるだけ」

「……そっかぁ」

全然違った。よく考えれば慣れた感じで思いっきり刺突してきたし、急所狙《ねら》ってたもんな、とシグっさんは気がつく。

「まあ、とりあえずさ――」

しかし、曲がりなりにも戦った二人は生きて、今こうして酒を飲み交わしている。お互いが生きてさえいれば理解し合える。それがどんなに素晴《すば》らしいことなのか。

「リタちゃん、休戦協定」

シグっさんが杯を掲げると、苦笑《くしょう》するリタも見様見真似《みようみまね》で杯を掲げた。

「仕方ないな。私明日帰るから、村のみんなにはてきとうに言っておいてよね、シグっさん」

杯をカチンと合わせ、笑い合う二人。村の住民への言い訳も残っていたが、今この時は勇者と魔王の和平が成立したことを喜んだ。

知性ある者は争い合うこともある。だが、憎しみは時と共に薄《うす》れ、人は誰かを許すことができる。そして、いつの世、いつの時代に訪れるかもわからないが、世界を平和にすることだってできる。綺麗事《きれいごと》かもしれないが、リタとシグっさんはそう信じ、わかり合えたのだ。

こうして、失いかけた人生を取り戻した勇者リタ・ヴァイカートと、穏《おだ》やかな日々を暮らす魔王シグルズの戦いは、魔王が許され――

▼

やわらかな陽光が窓から差し込み、小鳥もさえずる清々しい朝。微睡《まどろ》みの中で瞼《まぶた》を薄く開ければ、視界の隙間《すきま》から光が入り意識を覚醒《かくせい》させる。

シグっさんは凝《こ》り固《かた》まった身体《からだ》をほぐすように、伸《の》びをしながら布団をのける。やけに気怠《けだる》い身体を起こし辺りを確認《かくにん》すると、見慣れた自分の小屋だと気がついた。木製の食器《しょっき》棚《だな》に小さなテーブル。取って付けられたような簡単なキッチン。普段《ふだん》となんの変わりもない。

ちょっとした違和感《いわかん》は、やけにベッドの幅《はば》が狭《せま》いこと。不思議に思いながら視線を送る

と、掛《か》け布《ぶ》団《とん》の下から飛び出している——

——ショートの金髪。


口をあんぐりと開け、衝撃的《しょうげきてき》な表情で固まるシグっさん。驚愕《きょうがく》のあまり心臓が止まりかけ、直後に全身の血の気が引いていく。

昨日最後に何があったのかと記《き》憶《おく》を辿《たど》っても、杯を合わせたところからプツリと途《と》切《ぎ》れている。一体何がどうなってこういった状況になってしまったのか、全くわからない。

混乱する頭の中、一応本人確認のために布団をずらすと……やはり、リタご本人。露《あら》わになった肩から、一糸纏わぬ姿だと簡単に予想できる。

自分は——良かった、服を着ている、と一瞬安堵《いっしゅんあんど》するも、現状そういう問題でもない。

「ん～……」

不意に寝《ね》返《がえ》りを打つリタに、顔を向けられたシグっさんは硬直《こうちょく》する。焦《あせ》りが募《つの》る一方、何か音を立ててはいけない、との判断から全く動けず。頭の中の整理も追い付かず、自分がどういった行動をすれば正しいのかもわからない。ただとりあえず、今起きるのは待ってくれ、と心底願った。

しかし、そんな時だけ願いは叶《かな》わないもの。

すっと瞼が開き、青い瞳《ひとみ》がシグっさんを捉える。

リタはガバッと上体を起こすとキョロキョロと辺りを見回し、下を向いて自分の裸体《らたい》を確認したあと、横のシグっさんに視線を戻した。表情は、まさに顔面蒼白《そうはく》。察するに、リタもこの状況を理解する記憶がない様子。

これは叫《さけ》ばれる、と焦ったシグっさんは、両手をサッと挙げ小さく呟《つぶや》いた。

「ごめん」

何に対して、どんな気持ちで謝《あやま》ったのかもわからない。ただ、謝らなければいけない使命感から謝った。だが、その使命感は火に油を注ぐ結果となる。謝罪という行為は、時として人を深く傷つけるからだ。

「……何がごめん？　何で謝ったの？」

みるみる膨《ふく》れ上がっていくリタの怒気。この状況で最悪な言葉を口にしてしまったことに気がついても、もう遅《おそ》い。

「許さない」

新しい希望に満ち溢《あふ》れた瞳から光を失ったリタに、

「――絶対にだ」

シグっさんは恐怖《きょうふ》に慄《おのの》く表情を返した。

第二章 諜報員は魔王を捜す

ジークラム大陸の覇権《はけん》を争う三強国のうちの一つ、東の大国シュテノヴ。安定した気候、肥沃《ひよく》な大地と豊富な資源に恵《めぐ》まれ、強力な軍事力を誇り先の戦争における勝者となった国である。

かつては数々の有能な魔術《まじゅつ》士を輩出《はいしゅつ》してきたが、早くから魔導《まどう》学問を軍事に取り入れたことにより様々な兵器を開発し、現在では技術先進国として栄えていた。

大陸の次期覇権と有力視され、海を跨《また》いだ国家との繋《つな》がりも強固なものとなりつつあるが、シュテノヴは今、とある大きな問題を抱《かか》えていた。

――魔王シグルズが、シュテノヴに潜伏《せんぷく》している。

最近になって、そのような〝噂《うわさ》〟が囁かれ始めたのだ。

シュテノヴ政府は当初、根も葉もない噂を歯牙《しが》にもかけていなかったのだが、他国の上層部まで話が伝わってしまうと無視するわけには行かなくなる。

シュテノヴは魔王と手を組み世界を支配しようとしている、魔王の力を用いて新たな兵器を開発しようとしている――憶測《おくそく》が憶測を呼び、徐々《じょじょ》に国家間の不信を招き始めていたのだ。

国家上層部でもごく一部しか知らないことだが、魔王シグルズは既《すで》に異邦の王の座を降りている。とはいえ、気が変わって力を振《ふ》るえばいつでも世界に災厄《さいやく》をもたらす脅威《きょうい》があり重要な警戒《けいかい》対象。何か行動を起こせば、ある程度大人しくしている異邦人《バーレルセル》たちへの影響《えいきょう》も計り知れない。

魔王の脅威を囲《かこ》い込《こ》み協力しているなどと下手な噂を流されては、シュテノヴ政府もたまったものではなかった。いくら技術先進国とはいえ、世界を敵に回して無事でいられるはずがない。

そして、噂に拍車《はくしゃ》をかけたのが、ルンベルク城から魔王が消えている、という〝ある筋〟から国家上層部へもたらされた情報。

シュテノヴの国家元首ブルーノ・ヴィンデバルトは、噂の真偽《しんぎ》も諸国への建前でも関係なく、万が一のため国内における魔王の捜索《そうさく》を命じたのだ。

魔王の動向調査という重大任務を拝命したシュテノヴ特務諜報《ちょうほう》員である二人の男女、ウィレム・レーベとエルナ・ヴェンダース。

ウィレムは〝感応体質〟と呼ばれる特異な能力を持っており、異邦人《バーレルセル》や魔術士が放つ魔《ま》素《そ》の気配を強く感じ、探知することができる青年。元々は憲兵として国内の秩序維持《ちつじょいじ》に励《はげ》んでいたが、能力を見出《みいだ》されて特務諜報員に抜擢《ばってき》された。

小さな不正も見逃《みのが》さない鋭《するど》い目つき、明晰《めいせき》な頭脳と冷静な判断力を持ち、どんなに困難な任務も達成する将来有望な人材である。憲兵時代は隠《かく》れ潜《ひそ》んでいた異邦人を簡単に捜し出し、諜報員となってからも武器の密輸を行っていた魔術結社を壊滅《かいめつ》させるなど活躍《かつやく》を見せていた。整った面立《おもだ》ちと横を刈《か》り上げた短髪《たんぱつ》、そして背の低いデブ。

相棒のエルナは最近軍学校を首席で卒業し、特例で特務諜報員となった才能溢れる女の子。賄賂《わいろ》、カンニング、記録書《か》き換《か》えと有り余る才能全てを不正に費《つい》やして首席となり、なんかカッコいいから、といった理由で特務諜報局へ志願し、入局した異色の経歴を持つ。

初めての任務である魔王捜索《まおうそうさく》に張り切っているが、最近経費を懐《ふところ》に入れていたことが先《せん》輩《ぱい》のウィレムに露見《ろけん》し、めちゃくちゃに怒られた。茶髪《ちゃぱつ》のお団子頭とクリッとした目が特《とく》徴的《ちょうてき》。

二人は今、シュテノヴの北東、国境付近に位置する山の中を調査していた。

「本当に、こんなところに魔王いるんすか？」

鬱蒼《うっそう》と木々が生い茂《しげ》る山の中、エルナがつまらなそうに唇を尖らせ、木の枝で草むらをかき分ける。先ほどからずっと草むらをかき分けているが、魔王が潜んでいると思っているわけではなく、面倒臭《めんどうくさ》いから仕事しているふりをしているだけ。

そもそもエルナに全く期待していないのか、ウィレムは双眼鏡《そうがんきょう》を覗《のぞ》き込みながら答える。

「魔王と断定はできないが、この近くに何かがいるのは間違いない。これまでに感じたことのないほど大きい深淵《アビス》の力だ。少なくとも、第一級以上の異邦人《バーレルセル》だったことは確かだからな、放っておくわけにもいかない」

ウィレムが大きな力を感じ取ったのは昨日の朝、麓《ふもと》近くの町の宿で寝ていた時のこと。突然《とつぜん》山の辺りから恐《おそ》ろしいほどの力が溢れ、一瞬で消えていった。

異変を見逃さなかったウィレムは、寝ていたエルナを叩《たた》き起こして山中の調査を開始。いくつかの集落を巡《めぐ》り何か事件はなかったかと聞いて回っていたのだ。昨日は成果を得られなかったが、今日もまた早朝から調査を行っている。

ウィレムの言葉を聞いて真顔になったエルナは、振り回していた枝をピタリと止めて振り向いた。

「や、あたし第一級とか普通《ふつう》に無理なんで帰っていいっすか？」

異邦人は主に第三から第一までの階級で表される。あくまで潜在的脅威《せんざいてききょうい》に対する目安に過ぎないが、第三級は非戦闘種《せんとう》、第二級は戦闘種、第一級は戦闘種の司令官相当といったところ。稀《まれ》な例だが、あまりに伝説的な強さを残した異邦人は超越級《トランスツエンデンツ》と呼ばれ、過去の記録では魔王を含《ふく》め五体の存在が確認されている。

ほんの百年ほど前まで、人と異邦人は正体がわかれば出会《であ》い頭《がしら》に殺し合うような関係にあった。しかし、現在では人里で暮らす異邦人もおり、その中で第二級以上の力を持つ者には〝封輪《ふうりん》〟と呼ばれる深淵の力を封じる特殊《とくしゅ》な腕輪《うでわ》をつけることが義務付けられている。

しかし、未《いま》だ過去の遺恨《いこん》から異邦人への差別は根強く残り、自由を望む者もいるため小競《こ》り合《ぜ》いは絶えない。また逆に、封輪を首輪と嘲《あざけ》り、人を襲《おそ》い続ける異邦人もいた。

なんとか人と異邦人の垣根《かきね》を無くそうと努力する国家もあるが、一口に異邦人といっても人と良く似ている種から一目でわかる種まで様々。寿命《じゅみょう》や生活習慣も違《ちが》うため、乗り越《こ》えるべき壁《かべ》が多かった。

「ふざけるな。お前、魔王見つけて倒《たお》したら諜報員やめて勇者になりますって言っていたじゃねえか。第一級も相手にできなくてどうすんだよ」

「魔王倒したら周りにちやほやされて金になるじゃないっすか、そのためなら頑張れる気がするんすよ。第一級じゃ頑張る気にもなれないっすね」

エルナは大袈裟《おおげさ》に肩をすくめて「当然じゃないっすか」と鼻を鳴らす。魔王倒す時は頑張れる気がする、そんな気がする、と気持ちだけは勇者気分だった。

二人にしてみれば魔王が引退したことなど知る由もなく、抱《いだ》くイメージはおとぎ話の恐怖の象徴《しょうちょう》であり、復活してから八年近くも沈黙《ちんもく》している伝説の異邦人《バーレルセル》。各国が警戒態勢をとるも、下手な手出しはできず攻《せ》めあぐねている存在だと認識《にんしき》していた。噂で流れていたとしても、本当にシュテノヴに潜伏していようとは夢にも思わない。

国の命令で捜索してはいるが、第一級か第二級の異邦人が魔王の名を騙《かた》り、どこかの田舎《いなか》で悪さをしているものだと予想していたのだ。状況は違うが、過去にもそういう事例はあった。


ウィレムが双眼鏡から目を離《はな》し、地図を開いて確認する。

「お前の当然なんか知らん。とりあえず、この近くに〝ケーニッツ〟の村があるはずだ。聞き込みに行くぞ」

「嫌《いや》っす、宿に帰ります！」

「……」

「眠いんです！」

キリッとした顔で先輩の命令に逆らおうとするエルナ。表情はどこか自信に溢れていて、このまま押《お》し通したら本当に帰れるのではないか、とさえ考えている。

ウィレムはエルナに向け、腰にぶら下げていた拳銃《けんじゅう》を持ち構える。

「聞き込みに行くぞ」

「先輩、ほら！　さっさと行くっすよ、モタモタしてると魔王《まおう》逃《に》げちゃうんすから！」

エルナはとっても爽《さわ》やかな笑《え》みで、手を振りながら走り出した――。


獣道《けものみち》のような山道を抜けて辿り着いた先、山間《やまあい》の長閑《のどか》な村。出迎《でむか》えてくれるのは、地面に打たれた二本の丸太と上に飾《かざ》られる錆《さ》びついた風見鶏《かざみどり》。申し訳程度に作られた入り口を通ると、土壁《つちかべ》造りの古い家がポツンポツンと点在する。

辺りを鋭い目つきで見回すウィレムは、拳銃を仕舞《しま》えばすっかりやる気を失うエルナを連れ、村に怪《あや》しい様子はないかと探《さぐ》った。

しかし、穏やかな景色が広がるだけで、特別に変わったところは見受けられない。

「ほら、だから言ったじゃないっすか。こんな辺鄙《へんぴ》な村に悪い異邦人なんていないっすよ、帰りましょう」

特にそのようなことを言ったわけでもないが、エルナは得意げに自分の意見が正しかったと主張する。そもそも、この山の中を探す根拠《こんきょ》をエルナ自身は持っていない。

「早《はえ》えよ、まだ何も調べてないだろ」

「調べなくてもこの村平和じゃないっすか。山のどこ回っても悪い異邦人なんていねえっす、先輩の感応体質が壊《こわ》れちったんすよ」

「体質だ、壊れるわけねえだろ」

やれやれ、なんて聞き分けのない奴《やつ》だ、とウィレムではなくエルナが肩をすくめ、呆《あき》れた表情を作る。

ウィレムはそのすました顔を引っ叩《ぱた》いてやりたい気持ちを我慢《がまん》しながら、村の探索《たんさく》を続行。といっても、村の様子を見ても変わったところはないので、何か情報はないかと住民に直接尋ねるしかない。

「俺は民家を回って聞き込みをするから、お前は村の周辺を探れ。緊急《きんきゅう》事態があったら〝干渉石《かんしょうせき》〟を使って知らせろ」

エルナに細長く白い石を手渡しながら指示をするウィレム。干渉石は文字通りのもので、大気に含まれる魔素に干渉する石。音を使って振動《しんどう》を送れば魔素を同じように振動させることができる。しかし、範囲《はんい》は限定的で干渉できる力も微々《びび》たるもの。普通の人では魔素の振動を感じ取ることができないため、主に魔導研究用か兵器の部品にしか使われていない石でもある。

感応体質であるウィレムには使い勝手の良いもので、壁一枚挟《はさ》んだ盗聴《とうちょう》や、人に持たせれば振動源《しんどうげん》の特定などの場面で役立った。つまり、

「了解《りょうかい》っす！」

口うるさい先輩と離れることができて、満面の笑みを浮《う》かべるエルナが、逃《に》げようとしてもすぐにわかる。

「あたし、超頑張《ちょうがんば》るっす！」

もちろん、エルナはウィレムに声を送れる変な石くらいにしか思っていない。

ウィレムにとって便利な石だが、伝達手段として機密性がないのと、自分が声を送っても誰も受け取れないのが玉《たま》に瑕《きず》。遠くからエルナを怒鳴《どな》りつけてやりたい時もあった。

行ってきます、と意気揚々《いきようよう》に走っていくエルナの背中を見送りながら、こめかみに手を当て意識を集中、走る振動を聴《き》いて感度は良好。

ウィレムは一つ頷いてから、人がいそうな民家を探した——。

——雄大《ゆうだい》に広がる山々に穏やかな春の暖かさ。吹《ふ》いてくる風は気持ちよく、緑の香りを

含んだ空気も清々しい。大自然の景色を堪能《たんのう》し、丘《おか》の上で両手を広げて深呼吸。そのまま柔《やわ》らかい草と土の上に寝転《ねころ》んだ。青空に浮かぶ白い雲がとても綺麗《きれい》。

エルナはもちろん、サボっていた。

仕事とは努力するものではなく、いかに効率よく誤魔化《ごまか》すかを信条としているため、達成確率が低く先の見えない仕事を中途半端《ちゅうとはんぱ》にするよりも、もういっそのこと諦《あきら》めてしまった方が時間を有意義に使えるのだ。

あくせく働いて小銭《こぜに》を稼《かせ》ぎ必死に貯《た》め込む人よりも、労働者を使い指示を出している雇《こ》用主《ようぬし》の方が莫大《ばくだい》な利益を出している。

世の中は平等ではない、狡《ずる》い人が勝つようにできている、エルナはそう知っていたのだ。

クソ真面目な人が損をする、世の中そういう風にできている、そう悟《さと》っていたのだった。

その割に、昨日はずっと山の中を歩き回り、今日も早朝から調査している。エルナ自身は勇者になろうかなとほざくも、シュテノヴに魔王がいるなんてこれっぽっちも思っていないし、何の根拠があってこの山に狙いを定めているのかもわからない。しかし、

（まあ、ちっとは付き合ってやるっすよ）

薄い笑いを浮かべながら、クソ真面目なデブの先輩にそんなことを思っていた。

でも眠いので寝《ね》た。

▼

ウィレムは蹴《け》られながら民家を追い出される。

「出て行きやがれ！」

顔を真っ赤にして怒《おこ》る中年親父《おやじ》により、勢いよく閉められる家の扉《とびら》。豹変《ひょうへん》した村人の態度に腹が立ちつつも、訝《いぶか》しい表情を浮かべて閉まった扉を見つめることしかできない。

最初は愛想《あいそ》よく接してくれていた中年親父が、話をするうちに突然《とつぜん》怒り出したのだ。何か怪しい、と踏《ふ》んだウィレムは、顎《あご》に手を当ててその場から歩き始めた。

ウィレムが訊《たず》ねた時は、「兄ちゃん旅の人か？　何もねえけどゆっくりしてけよ」と嬉《うれ》しそうに話しかけてきて、「兄ちゃんたくさん食いそうだな。これ、俺《おれ》ら食えなくて余っちまったじゃが芋《いも》なんだけど食うか？」と食事の世話までしてくれようとした中年の村人。

他の集落とは違い、村外の人間に警戒心《けいかいしん》が無いのはわかったが、どうやらその後が問題だった。

あまりに愛想よく接してくれるものだからウィレムもつい警戒を怠《おこた》り、「この近辺で異邦人《バーレルルセル》や事件を起こした者はいるか？」と素直に聞いてしまったのだ。

もし、相手が異邦人やそれを匿《かくま》う者であれば、どんなに良い人でも当然警戒し口を閉ざす。怪しい、と思えば踏み込むことのできた憲兵時代の直接的な聞き方が抜けきれず、諜報員としては二流だと自嘲するしかない。

しかし、この村には何か秘密があることはわかった。一度警戒されてしまった以上調べる方法は限られてくるが、真相がわからなくてもケーニッツから近い辺境の砦《とりで》に向かい、山岳《さんがく》警備兵へ強制捜査《そうさ》の応援《おうえん》を要請《ようせい》することもできる。

焦ることはない、と周囲を見回し、手がかりになりそうなものはないかと探した。

――丘向こうの畑に行けば、何も喋《しゃべ》らず黙々《もくもく》と農作業をしている住民たち。ただ畑を耕しているだけで、怪しい動きをしているわけではない。広場はどこかに貯蔵庫でもあるのかぶどう酒の良い香りがするだけ、それから牧場や養鶏場《ようけいじょう》に行っても不審《ふしん》な点は見つからず。迂闊《うかつ》に村人へ話しかけることもなく、しばらく村の様子を探った。

随分《ずいぶん》と歩いたウィレムは、木製の柵《さく》に軽く腰掛《こしか》けながら腕《うで》を組む。

本当にただの平凡《へいぼん》な村、外から探っても怪しい何かは見つからず。普通であれば、ここで何もないと調査を終了《しゅうりょう》してしまうところ。

だが憲兵時代の鋭い観察眼から、こう考えていた。

（恐ろしいくらい、平凡すぎる）

逆に静かすぎるのだ、清々しいくらいに。それが返って怪しさを際立《きわだ》たせていた。まるで、住民たちが無理をしてでも普通に過ごそうとしているかのように。

少し先を元気な様子で走り去る幼い姉弟《きょうだい》。子供たちが二人きりで遊び、平和に暮らせるほど何もない村――

その瞬間《しゅんかん》、ウィレムの脳裏《のうり》に閃《ひらめ》きが走った。

「元気……はっ！」

ウィレムは気がつく、この違和感は村人たちそのものにあると。

こんなに小さな村で、先ほどから他所者《よそもの》が歩き回っているのに誰も声をかけてこない。黙《だま》ったまま農作業を続ける者たち。小さな村ほど和気《わき》藹々《あいあい》と作業するものであり、そこにあるはずの活気がなかったのだ。

よく見れば殆《ほとん》どの者が青い顔をし、どこか気怠げに、気持ち悪そうにしている。それに気がつき再度観察してみれば、頭を軽く押さえる者からえずくものまで見受けられる。それにあの中年の村人も、じゃが芋が食えなくて余った、と言っていた。

村人全員に当てはまるわけではないが、体調の悪そうな者が多すぎる。

（まさか……毒素兵器《ヴェノムウエポン》の製造か）

毒を少しずつ吸《す》い込んでいるならば、徐々に体調が悪くなっていることに気がつかず生活し、個人により効果の差が出ていることも説明がつく。そして、元気な子供は兵器の製造に関わっているはずもない。

ウィレムは口元を袖《そで》で押さえ考えた。毒素兵器なら、どこかに製造している場所があるはず。

「っ！　……あそこか」

そして気がついた、変わった匂《にお》いのするところが一つあったと。

急ぎ、ふくよかな肉体を弾《はず》ませて走るウィレム。向かった先は――ぶどう酒の香りがする村の広場だった。

常識的に考えて、こんなに日当たりの良い広場にぶどう酒を保管することなどありえないし、そもそもそれらしき建物も見当たらない。

よく嗅《か》いでみると、すえた臭いも混じっている。この香りはきっと何か別のもの、そう考えたウィレムは鋭い目をさらに細くしながら周囲を探り、香りの原因を探した。

――家の合間の草むらに見つけたのは、おそらく人の吐《と》瀉物《しゃぶつ》、それも数カ所。さらに、広場に散らばる食べ物の残りカスも発見。

「……そういう、ことか。全て繋がった」

なぜ、村人の元気がなかったのか。

憲兵時代に鍛《きた》え上げられた事件への嗅覚《きゅうかく》、諜報員として磨《みが》き上げた洞察力《どうさつりょく》。そして、なによりウィレム自身の推理力が、この村で起こったことの真相へとたどり着かせる。

広場に佇《たたず》み、空を見据《みす》えながら呟いた。

「ただの二日酔――」

『先輩！　出たっす！』

ウィレムが、昨夜この村で宴会が開かれたという真相にたどり着いた直後、エルナから連絡《れんらく》がくる。魔素の振動はぼやけた声になるが、甲高《かんだか》い声は幾分《いくぶん》か聴き取りやすい。

『早く、やばそうなのが出たっす！』

しかし、これは一方通行の連絡手段。何が出たのかエルナから聞けず、随分と焦っているのかどうにも要領を得なかった。

▼

寝ていたエルナも目覚める大きな物音――！

何かが壊れた音に、エルナは寝《ね》ぼけ眼《まなこ》を擦《こす》りながら起き上がる。気持ちよく寝ていたのに、と不機嫌《ふきげん》にお団子頭の調子を確かめ、四《よ》つん這《ば》いのまま音の方角、丘の下の方を眺《なが》めた。

そこには先ほど見たとおり、何も植えていない大きな畑と近くに納屋《なや》のような建物がある。しかし今、納屋の扉が無残に破壊《はかい》され、外では尻餅《しりもち》をつく男が何かに怯《おび》えながら、納屋の中に向かって片手を伸ばしている。まるで「ちょっと待って」と言いたげな様子。

一体何があったのか、と窺《うかが》っていると、尻餅で後ずさる男を追うように、白いシーツに身を包んだ金髪《きんぱつ》の娘《むすめ》が納屋から出てきた。片手には陽光をチカと反射する白銀の剣。

「女？」

そして、エルナは目撃《もくげき》した――

金髪の娘の周りに巻き起こる旋風《せんぷう》。それは爆発《ばくはつ》するように吹き荒《あ》れ、身体《からだ》を覆《おお》う白い闘気が可視化する。少し距離《きょり》があってもチリチリと大気が震《ふる》え、物置小屋がグワングワンと揺《ゆ》れていく。

溢れんばかりの力の気配、娘が只者《ただもの》ではないことなどすぐにわかった。

「うわ、化け物っすか……？」

人とは一線を画す尋常《じんじょう》ではない覇気《はき》、異邦人だとしたら第一級以上は確実。あまりに突然のことに一瞬《いっしゅん》思考が停止しかけたが、すぐさまウィレムへの連絡を思い出す。

焦りながらも白い石を外套《がいとう》の内ポケットから取り出し、喋りかけた。

「先輩！　出たっす！　早く、やばそうなのが出たっす！」

それからなぜか少し待ってしまうが、当然エルナは魔素の小さな振動を感じとれないし、干渉石を耳に当てても聴こえるものではない。

使えないいな、と言わんばかりに干渉石をポケットにしまい、金髪の娘の様子を窺う。裸体に巻かれたシーツは風に漂《ただよ》い、白い光と相まって神々《こうごう》しく見える。闘気に混じる怒《いか》りの気配。第一級の中でも相当強い部類に入ると判断した。

「あんなのと戦いたくないっすわ」

舌を打ちながら出る言葉とは裏腹に、内ポケットから手袋《てぶくろ》を取り出し両手に嵌《は》め臨戦態勢をとる。流石《さすが》に人が襲われているところを黙って見ているわけにもいかず、ウィレムを待つ余裕《よゆう》もない。あの腰《こし》が抜けている男は、エルナが助けるしかなかった。


金髪の娘が剣を振り上げる前に駆《か》け出し、右手を握《にぎ》りこむ――。

エルナの得物である〝妖精手袋《ミイムグローブ》〟は、シュテノヴの最新魔導兵器。出力の関係で基礎的《きそてき》な形成級《イエツイラ》に限るが、特殊なインクで書かれた魔法陣《まほうじん》のカートリッジを差し込み、無詠唱《えいしょう》で魔術を発動する優《すぐ》れもの。

インク切れを起こせば使えなくなる回数制限付きであるものの、カートリッジにより様々な魔術を発動させ、交換《こうかん》すれば再度使用することもできる。しかし、消耗品《しょうもうひん》であるカートリッジの値段が高いので、妖精手袋を嵌めたエルナは割と本気。

「妖精の拳《ミイムパンチ》！」

小屋の方に駆けていくも、まだ金髪の娘や男との距離が遠いところで振るわれたエルナの右拳。空気の壁《かべ》を叩《たた》くように乾《かわ》いた音が鳴り響《ひび》き、拳から放たれた衝撃波《しょうげきは》が金髪の娘に向かって真《ま》っ直《す》ぐ飛んで行く。

右手のカートリッジは〝衝撃《ショック》〟と呼ばれる形成級魔術だが、エルナは妖精の拳と呼んでいる。特に意味はない。

エルナの叫び声に小屋の前の二人が振り向くと、妖精の拳は金髪の娘の顔面を捉《とら》え、パンと弾《はじ》ける乾いた音が鳴り響く。

まともに捉えた――エルナは拳を握りしめて喜んだが、

「何、あの子。村の人？」

「……え、いや違う、かな」

娘は微動《びどう》だにせず、ただ前を見据える。そして、何事もなかったかのような素振《そぶ》りで男に話しかけていた。妖精の拳は普通、大の男でも吹き飛ぶ威力《いりょく》。

「うっそ」

これにはさすがのエルナも動揺《どうよう》する。顔面へとまともに衝撃《ショック》を喰《く》らいながら、金色の髪《かみ》の毛がパサっとしただけ。

娘の冷たい視線に睨《にら》みつけられ、これは不味《まず》い、と少し後ずさる。一見普通の女の子に見えるが圧力の強い覇気、近くで見れば肩《かた》や背中に歴戦の古傷が走る猛者《もさ》だとわかった。

しかし、娘はエルナに興味を持たなかったのか、目の前で尻餅をつく男に再び視線を戻《もど》す。

「まあいいや。とりあえずさ、私の大切な物を奪《うば》っておいて〝ごめん〟ってどういう意味？ 間違《まちが》って持っていっちゃったの？」

「だから誤解なんだって！　ほら、見てリタちゃん。……俺、服着てる」

正座に座《すわ》り直した男は、キリッとした表情で白シャツの胸のあたりをつまんだ。男からリタと呼ばれた金髪の娘は、酷《ひど》く冷たい表情で見下ろすだけ。深淵を覗き込むような目には光すら映らない。

エルナは何の話をしているのか全くわからなかったが、一層緊張《きんちょう》した場の雰囲気《ふんいき》に唾《つば》を飲《の》み込む。

「服、着たんじゃなくて？」

「そんなことはな――」

「言い切れるの？」

「……や」

困惑《こんわく》の表情を浮かべる男が、消え入りそうな声で否定の言葉を口にした刹那《せつな》。リタが白銀の剣《けん》を振るい、神速の斬撃で男を襲う――！　大地は抉《えぐ》れ土が巻き上がり、衝撃と共に上がる砂煙《すなけむり》。

エルナは驚《おどろ》きで目を開きっぱなしだったが、剣の刃《やいば》は全く見えなかった。

「やっば……」

男が死んじゃった、と判断し一瞬で逃走《とうそう》の態勢をとるエルナ。あの斬撃を見た後に、自分一人でどうこうしようという気になるわけがない。

だが――

「ちょっと待とう！　落ち着こう、ね！」

すんでのところで躱《かわ》し、男は生きていた。いっそ死んでいてくれた方が楽だった、と思いながら、エルナは逃げたい衝動《しょうどう》を抑えて踏ん張り、男に向かって叫ぶ。

「何してんすか、早く逃げるんすよ！　あんたが逃げなきゃあたしも逃げられねえんすから！」

不真面目でも一応軍部の者、さすがに襲われている民間人を置いていくのは後味が悪すぎる。仮に守れなかったとしても、見捨てることはできない。

しかし、男は再度エルナに振り返り、不思議な表情を送るだけ。あの子はなんだ、といった雰囲気。逃げるそぶりも見せず、エルナを苛立《いらだ》たせた。

相対するリタが口を開く。

「モテるねえ、シグっさん」

皮肉めいた声音《こわね》で男の名前を呼び、一際《ひときわ》冷たい微笑《びしょう》を浮かべていた。よほど恐ろしかったのか、シグっさんと呼ばれた男はリタに振り返り、口をあんぐり開けて絶句している。

もう一度剣が振るわれる、今度こそあの男が死ぬ——そう判断したエルナは右手の平を前に翳《かざ》し、再度衝撃を放つ。

「早くしろって言ってんすよ！」

破裂音《はれつおん》と共にリタの眼前で弾ける空気の衝撃波。エルナはそこで、自分の攻撃《こうげき》がリタを包む白い光の膜《まく》に遮《さえぎ》られていると気がつく。だが、諦めるわけにも行かず。男が逃げる時間を稼げるように、間隔《かんかく》を空けて何度も空気の衝撃を放った。

シグっさんは本当に困った様子で、乾いた音が鳴るたび髪がパサっとなるリタと、火に油を注ぎ続ける謎《なぞ》の女の子を交互《こうご》に見つめる。

リタが揺れる自分の髪の毛を押さえながら、酷く面倒臭そうなため息を吐《つ》く。それから振り向かずに右手を女の子に向け、ブツブツと呟き始めた。

それに気がつき、お団子の女の子に叫ぶシグっさん。

「ちょっと君、逃げて！　吹っ飛ばされちゃうよ！」

シグっさんの声が破裂音にかき消え聞こえていないのか、エルナは衝撃《ショック》を放ち続ける。

直後、リタの右手の平の前に展開する黄緑色の魔法陣。属性は風。周囲の空気が幾何学《きかがく》模様の中心に集まっていくと――!!

重く低い音と共に、射出される大きな空気の壁。詠唱で放つ〝本物の衝撃〟がエルナに迫《せま》る。

小粒《こつぶ》な衝撃が弾《はじ》き飛ばされ、砂埃《すなぼこり》を巻き上げて迫り来る大きな壁にエルナは目を剥《む》いた。

魔法陣の幾何学模様からわかる同じ魔術――ただの形成級《イエツイラ》のはずなのに何だこれは、と身体が強張《こわば》る。回避《かいひ》行動への一瞬の遅《おく》れ。

（避《よ》けられ――！）

終わった、エルナはそう悟った。誰《だれ》かを助けよう、とつまらないことにかまけて、自分が一番損してしまう。つまらない人生は送りたくないと思っていたはずなのに、なんだかんだで結局こうなってしまう。

巨大《きよだい》な壁がぶつかる音と共に暴風が吹き荒れた。常識的な形成級ではあり得ない程《ほど》の威力。

目の前で大きな破裂音が鳴り、エルナは人生を諦めかける。腕で顔を押さえながら目を瞑《つぶ》り、強風と耳を劈《つんざ》く大きな音に耐《た》える——それから聞こえるのは、キンと甲高い耳鳴り——(とっても痛いんだろうな)、と考えながら目を開けると、

「——待たせたな」


色とりどりに輝《かがや》く光の壁——両手を前に魔導盾《シールド》〃極光《アウロラ》〃を展開させたウィレムが、たゆたう二重顎とお腹《なか》の肉を弾ませながら立っていた。

いつもの鋭い目つきで振り返ると、口角を上げてエルナに問いかける。

「まだ、やれるな?」

焦《あせ》り顔からすました顔へと作り直すエルナは、うんうんと頷《うなず》いてから黒い外套に付着した砂埃を手で払《はら》った。自分はまだ生きている——と確認《かくにん》しながら、窮地《きゅうち》を救ってくれた先《せん》輩《ぱい》に感謝する。

「遅えんすよデブ」

そして、思わず本音が漏《も》れた。

エルナの失礼な発言に若干苛《じゃっかんいら》ついたが、今はそれどころではないと前を向くウィレム。

あの娘が何者かと訝しむ視線を送りながら、腰に据《す》えた愛銃《あいじゅう》〝フューリー〟をゆっくりと引き抜《ぬ》いた。

「異邦人《バーレルセル》……いや、人か？　それにしては気配が」

強い力の気配を放っているのに掴《つか》めない敵の正体。ウィレムの感応体質は、周囲の魔素の変質を感じれば人か異邦人かなどすぐにわかる。しかし、目の前の金髪の娘が放つ気配は人であり、そうでない曖昧《あいまい》なものとも感じられた。まるで、存在しているのに見えないもののような。

ウィレムは警戒しながら状況《じょうきょう》を把握《はあく》し考察する。

（女の武器は剣、そして魔術が扱《あつか》える。可視化するほどの力の気配、無数の戦傷、おそらく近接戦の方が得意か。要救助者は一人、戦力は自分とバカの二人——）

金髪の娘の正体はわからないが、取るべき行動は決まっていた。敵を殲滅《せんめつ》し、村人を助ける——ウィレムは前を見据えたまま指示を出す。

「エルナ。一瞬でいい、足を止めろ」

「高いっすよ」

エルナの戯言《たわごと》に鼻を鳴らし、左手首に嵌められた腕輪を回すウィレム。極光が解除され、周囲を取り囲んでいた色鮮《いろあざ》やかな光が消えていく。

魔術を扱う敵に、本来は極光を展開しながら戦うのが定石。しかし、極光は魔術により強く結びついた魔素を弾く光の障壁《しょうへき》、物理攻撃に影響はなくても自分たちの魔導兵器が通らなくなってしまう。金髪の娘は魔術を扱えるが近接専門、使える手は多くしておいた方が良いと判断してのことだった。

「やれ！」

極光が全て消え去るとウィレムが叫《さけ》び、エルナが左手を前に翳した。

「妖精の抱擁《ミイムハグ》！」

リタの足元の影《かげ》から無数の黒い手がするすると伸《の》びる。それはリタの足を這《は》うようにまとわりつき、ガッチリと搦《から》めとった。――〝影縛《シャドウバインド》〟。その名の通り影で縛《しば》る。妖精手袋《ミイムグローブ》左手のカートリッジに入った魔術であり、妖精の抱擁などといった名前ではない。

足に絡《から》みつく影を眺めるリタに、ウィレムが迷わず拳銃の引き金を引く。バシュっとした鈍《にぶ》い音と同時に弾丸《だんがん》を発射、空気を切り裂き真っ直ぐに飛んでいく。

迫り来る高速の弾丸に、リタは臆《おく》することもなくブリュンヒルデを振るい叩きつけた。

直後────!!

リタの眼前で起こる爆発、炎《ほのお》と煙《けむり》が一瞬にして広がった。赤と黒に染まる視界。大したダメージはないものの、リタはその音に少し驚いていた。

一瞬の隙《すき》が原因か、まだ晴れない煙の向こうから音も無く飛んでくる短剣《たんけん》に一瞬反応が遅れる。

なんとかブリュンヒルデの刃を盾に短剣を防ぐも、背後の気配に気がついた時には遅《おそ》かった。

「悪いな、俺たちも近接専門でな」

弾丸の発射と同時に走り出し、爆発とエルナが投げた短剣の隙に回り込んだウィレムが、腰を深く落としリタの背中に手の平を合わせる。

「チェックメイトだ」

リタの背中で、鈍く重い音が鳴る────シュテノヴ軍隊格闘《かくとう》術〝絶掌〟。高めた闘気を手の平から一気に流《なが》し込み、相手の肉体を内側から破壊する零距離《ぜろきより》の打撃《だげき》技。防御力《ぼうぎょりょく》を貫通《かんつう》し、硬《かた》い甲殻《こうかく》を持つ種の異邦人《バーレルセル》でも決まれば大打撃《だいだげき》を与《あた》えられる。いくら身体を鍛えようとも、内臓を鍛えるのは非常に難しいもの。

あまり無理に飛び込《こ》むことはないので使う機会は少ないが、遠距離《えんきょり》の武器を見せておけば油断を誘《さそ》いやすい。特に近接戦闘に自信のある者ならばなおのこと、自分の間合いに入ってこないだろうと慢心《まんしん》してしまう。

しかし、

「あの、さっきから何なの？」

「っ！」

リタには全然効いておらず、少し苛《いら》ついた表情をするだけ。油断も慢心もなく、リタにあったのは疑問だけだった。

影縛の手をブチブチと千切りながら踏み込むと振《ふ》り向きざま、ブリュンヒルデの柄《つか》でウィレムの弛《たる》んだ腹を叩く。打点から波打つ肉。

不意の打撃にウィレムが息を吸うこともできなくなった後、襲ってくるのは抗《あらが》いがたい衝撃だった。そのまま真後ろに肥満体が吹き飛ぶ。

「先輩！」

（あの肉ダルマが簡単に――）、エルナは予想だにしない光景に目を剥いた。

「――っ、大丈夫《だいじょうぶ》だ！」

身体を捻《ひね》り、土煙《つちけむり》を上げながらなんとか着地するウィレム。格闘術〝消打〟。打撃が決まる瞬間に力を抜いて同調し威力を吸収する。熟練の高い技術が必要とされるが、感応体質のウィレムは気配の流れを読むことで形にしている。しかし、あまりの威力に全てをいなし切れるものではなかったため、ウィレムが受けたダメージは大きい。

冷《ひ》や汗《あせ》が一筋、頬《ほお》の肉を伝う。外からの攻撃はもちろん、肉体の内側からも効かず。現状手持ちの武器では有効打を与えることができない。金髪の娘の予想以上の強さに困惑していた。

〝奥《おく》の手《て》〟を使うしかないかとウィレムが覚悟《かくご》した時、敵を挟んだ向こうのエルナが叫ぶ。

「埒《らち》があかねえっす！　〝竜活粉《ドラゴンパウダー》〟使うっすよ！」

「おい！　やめ――」

返事を待たず、小さな紙包みを取り出していたエレナは、明日の筋肉痛を覚悟して中の粉末を口に含む――。

（一体二人は何者で何故《なぜ》自分を襲うのか）

訝しんでいたリタは、何かを飲んだお団子頭の様子が変わっていくことに気がつく。

徐々《じょじょ》に高まっていく力の気配、変わっていく形相。口角から泡《あわ》を吹き、苦しそうに身体を抱きしめながら自らの変質に耐えているような。それが終わると、酷く血走った目つきをリタに向ける。手が地面に着きそうなほどの前傾《ぜんけい》姿勢を取り、突撃《とつげき》の構えを見せた。

エルナが飲み込んだ竜活粉――。

過去、軍学校にて賄賂《わいろ》、カンニング、記録改竄《かいざん》と数々の不正を行って来たエルナでも、どうしても誤魔化せないものがあった。それは、〝実技講習〟。

教官や生徒たち全員の目があるため不正を働く術《すべ》がなく、もともと体力は中くらいといったエルナでは良い結果を残すこともできなかった。

しかし、エルナは諦めなかった。将来はシュテノヴ軍学校首席となって卒業し出世街道《かいどう》を歩むため、努力したのだ。来る日も来る日も研究を重ね、努力を怠らなかった。

延々と続く試行錯誤《しこうさくご》の結果導き出したのは、ルトイッツ地下迷宮《めいきゅう》に潜《ひそ》む〝古竜の肝《きも》〟を特別に調合した粉末。短時間ではあるが人の内なる本能を解放し、身体能力や五感を劇的に向上、どんな者にも負けない戦士となる。

こうしてエルナの努力は実り、実技講習でもトップの成績を取り続けたのだ。もちろん、薬による身体強化《ドーピング》は不正である。

「こうなっちゃ、もう加減はできねえっすからね」

もう妖精の拳などとふざけている場合ではない。相手が何者であれ、民間人に危害が及《およ》ぶ様を見過ごすわけにはいかない。何のために軍人となったのか、横暴な力による理不尽《りふじん》に抗うためではないのか、か弱き者を守るためではないのか。怪しく光る鋭《するど》い目つきに変わったエルナは、両手で鉤爪《かぎづめ》の形を作り、目の前の敵に向かって突撃する――

▼

「――本当、すんませんっした」

リタにボコられまくったエルナは、顔をパンパンに腫《は》らして土下座する。大事なのは自尊心ではなく、当然命と金。そのためならいくらでも地面に頭を擦《こす》り付ける。

「こ、こっちは良いんだけど、大丈夫？　その顔」

本能を剥き出しにしたエルナが、吹っ飛ばしても吹っ飛ばしても何度も向かってくるものだから、リタもついカッとなり拳で殴《なぐ》りつけてしまった。

我に返ってエルナを見ると、痙攣《けいれん》しながら気絶していたので慌《あわ》てて抱き起こす。死んでしまったら事情が聞けないからだ。

「いやいや、まさかあなた様がかの有名な〝スラウゼンの剣〟だったとは。噂《うわさ》通り本当にお強いっす」

すでに互《たが》いの自己紹介《しょうかい》は済ませており、エルナはシュテノヴの軍人だと名乗っている。

リタもさっきのはただの喧嘩《けんか》だと説明して、人を襲《おそ》っているという誤解も解けた。

シグっさんはリタの足が搦め捕《と》られた瞬間を見逃《みのが》さずに走って逃げ出していたし、エルナのついでにぶっ飛ばされたウィレムは畑の上に倒《たお》れたまま。

「ど、土下座はやめよ？　もっと普《ふ》通《つう》に接してくれていいから」

向こうから襲って来たとはいえ、リタも殴りまくってしまったので悪い気はしていた。むしろ、軍人殴って何か問題にならないか、と不安にさえ思っている。

「それより、この村にはどうして来たの？」

リタがエルナを起こしてあげながら、二人はこんな村で何をしていたのかと聞く。里帰りでもなければ、軍人二人が揃《そろ》って来るような場所でもない。

エルナは特に考える素ぶりも見せずに、任務の内容をポロっと口にした。

「あたしたち魔《ま》王《おう》捜してんすよ。なんかこの近くにいるかもって、あのデブが言うもんで」

ウィレムを親指で示し、どうせいないから、とパンパンの顔で呆れた表情を作る。そして、エルナが簡単に任務の機密をバラしてしまうものだから、リタもそれが内緒《ないしょ》だと思わずつい言ってしまった。この人たちも、自分と同じように魔王探しに来た人なんだ、と思いながら。

「あ、魔王ならさっきの人だよ。何か用事あったの？」

「……」

リタが告げた事実に衝撃を受け、絶句するエルナ。一瞬何かの間違いかと思ったが、勇名を馳《は》せるスラウゼンの剣から出た言葉。

「詳《くわ》しく聞かせてくれ！」

畑に転がっていたデブも食いついた。

――シグっさんの小屋の中。服を着替《きが》えベッドの端《はし》に座るリタの話を、ウィレムとエルナは木製の固い床《ゆか》で正座しながら聞き入った。

まず、驚いたのは魔王シグルズがすでに引退している事実、それも国家の上層部には通達済みだということ。エルナは頭のてっぺんにあるお団子を直しながら興味なげだったが、ウィレムは違《ちが》う。これは特務諜報員《ちょうほういん》として数年働いていたウィレムですら知らない事実だったのだ。

ウィレムたち特務諜報員は機密情報の扱いが主な仕事。これだけ重大な事実が知らされていないとなると、ショックを隠《かく》しきれない。

「さすがに局長とかは知ってんじゃないっすかね？　まあ、あたしたち下《した》っ端《ぱ》が気にすることじゃねっすよ」

新人のエルナと同列扱いされるのも癪《しゃく》だが、ウィレムは腕を組んでその意味を考えた。

なぜ各国の上層部は口裏を合わせ、魔王の引退を隠すような真似《まね》をしたのか、人にとっては吉報《きっぽう》でありすぐに知らせるべきものではないのか、様々な疑問が頭の中を巡《めぐ》る。

そして、推測に過ぎないが一つの結論に達した。

「魔王恐慌《まおうきょうこう》か……」

ウィレムは八年前に魔王が復活した頃《ころ》の状況から語り出す――

当然ながら、伝説の異邦《いほう》の王シグルズの復活はあの悪夢の再来と言われ、世界にもたらした影響《えいきょう》も大きい。各国はすぐさま対応に追われることとなり、緊急《きんきゅう》事態宣言を発令。互いに戦争をしていたいくつかの国もその手を休め、魔王の侵攻《しんこう》に備えるための徴兵《ちょうへい》や増税を行い、軍事力の拡大に注力した。

悪い噂はすぐに広まるものであり、交易や外交にまで影響を及《およ》ぼし経済的な打撃を受けた国も多い。そして一番深刻な影響を受けたのが、これまで暮らしていた異邦人《バーレルセル》たちである。

異邦の王シグルズが復活したとなれば、これまでの屈辱的《くつじょくてき》生活から解放されたいと逃げ出すものや、徒党を組んで暴れ回る者まで出始める。潜在的《せんざいてき》にあった異邦人の脅威《きょうい》が、途《と》端《たん》に表面化してしまったのだ。

野盗《やとう》となり人を襲う者、魔王の名を騙《かた》り田舎《いなか》で暴れ回る者、純粋《じゅんすい》に殺戮《さつりく》を楽しむ者、事件は様々だが国内治安への影響は著《いちじる》しいものであった。もちろん自由を望む力なき者も、異邦の王シグルズへの期待を一身に寄せる。

また逆の観点から言えば、上手《うま》く人に馴染《なじ》み、静かに暮らしたいだけの異邦人にとって非常に迷惑《めいわく》な話であり、これまで積み上げてきた信頼《しんらい》が一気に崩《くず》れ去る結果ともなった。

人、異邦人、国家。魔王シグルズの封印《ふういん》が解かれた事実は、世界を一時混乱に陥《おとしい》れたのだった。

しかし、人は置かれた状況に慣れるもの。一、二年もすれば生活は落ち着き、皆何事《みな》もなかったかのように暮らしていく。沈黙《ちんもく》し続ける魔王に、人々は身近な脅威を抱《いだ》かなくなっていったのだった。

現在の危《あや》うくも均衡《きんこう》が取れた世界。穏《おだ》やかに漂う水面に、魔王が異邦の王の座を降りた、と石を投げ入れてみたらどうなるのか。

一見良い報《しら》せのように聞こえるが、それは伝説の異邦人シグルズの脅威が見えないところに隠れただけであり根本的な解決にはならず、〝超越級《トランスツエンデンツ》〟の潜在脅威《せんざいきょうい》に変化はない。

また、他に力のある異邦人が台頭し取って代わるようになり、新たな魔王が生まれる可能性もあった。それだけでなく、魔王に期待を寄せていた者たちまで暴徒化する恐《おそ》れも考えられる。

ただ王の座を降り世界に干渉《かんしょう》しないことは、勇者や国が総力を挙げて討《う》ち取った意味合いとは全く別の物になってしまう。また、国家にとっても軍備の増強や戦時下特別税の良い口実になるので、下手に発表するよりは現状を維持《いじ》する方が得策。

人は脅威が現れたことは容易に信じるが、脅威が去ったことは中々に信じられないもの。

魔王が引退した、などという与太《よた》話は国が正式に発表でもしない限り広まることはない。仮に水面下で噂が広がり世界の知るところになったとしても、ゆっくりと馴染んでいけば八年前の二《に》の舞《まい》にはならないと踏んでいるのだろう。

ウィレムはそう結論付けた。

「――ざっとこんな感じだとは思うが、どうだろうか？」

二重顎に手を当てながら考察を口にしたウィレムが、二人に意見を求める。諜報員たるもの、常に自分一人の考えで納得《なっとく》せず、多方面からの意見を求め解釈《かいしゃく》するもの。

「えー！　リタっち彼氏《かれし》いたことないんすか？」

「な、ないけど……」

「もったいないっすわ〜。今度社交場《カフェ》に連れてってあげるっすよ、リタっちならモテるっすよきっと！」

「カフェ？　え？」

頬を染めるリタとニヤニヤするエルナは、ウィレムの話に全然興味が無かった――

――勇者リタ・ヴァイカートと魔王シグルズの関係。ことのあらましをざっくり理解したウィレムは、怪我《けが》をしたエルナをリタに預けて小屋を後にした。

何も植えていない畑で屈《かが》み込み、まだ新しい足跡《あしあと》に手を添《そ》えて考える。

当然ながら任務は続行しているため、逃《に》げた魔王を捜し出し「何を思ってこの国にいるのか」そして、「なぜ王の座を降りたのか」と問いたださなければならなかった。

畑の向こうに凄《すご》い形相で走っていく姿を見ていたので、方角の見当はついている。おそらくは山の中の木々に身を隠し潜伏《せんぷく》。そして、昨夜の宴会《えんかい》で二日酔《ふつかよ》い気味という観点から、水場に近いところで休んでいると予測もできた。

スラウゼンの剣をかなり恐れていたところを見れば、すぐに戻ってくることもない。しばらくは下手な動きをせず、一つ所に身を潜めているはず。

ウィレムは、焦った状況でも目につきやすい色の木が群生している山を見比べ歩きだした。シュテノヴ特務諜報《ちょうほう》員としてそこは熟練者。逃げた獲物《えもの》を捜すなど朝飯前のことだった――

――朝が終わり昼を迎《むか》え、もうそろそろ夕方かな、といった頃。汗だくになったウィレムは、湿《しめ》った大木に背を預けて座り休憩《きゅうけい》する。

少し拓《ひら》けた深緑の景色の中、穏やかな木漏《こも》れ日《び》に身体を照らされながらも、胸の中は（魔王どこだよ）という気持ちで溢《あふ》れかえっていた。

昼飯も食べていないので腹も減る。民家のじゃが芋《いも》を頂いておけば良かったと後悔《こうかい》しながら、早朝から歩き通しで疲《つか》れた身体をゆっくりと休めた。

だが、もうすぐ魔王に会える――

そう思うと、自然に笑《え》みがこぼれる。

ウィレムは、今回の任務を自ら志願して引き受けていた。本来であれば、噂を情報源とした魔王潜伏《まおうせんぷく》の真偽《しんぎ》調査などの任務は、特に重要性や緊急性《きんきゅうせい》もない任務。エルナともう一人の新人で行われるはずであった。

そもそもこんな任務が特務諜報局に上がってくること自体に違和感《いわかん》を覚えたウィレムが、エルナの新人研修という名目で買って出たのだ。上層部は何かの情報を掴んでいる、と。

もちろん、相棒にエルナを選んでしまったことは全力で後悔する。経費は抜こうとする上、変な薬を飲んで暴れ回り、挙句の果てに働かない、と大変な任務になった。

だが、紆余曲折《うよきょくせつ》を経て根も葉もない噂話《うわさばなし》へ真剣《しんけん》に取り組み、やっと魔王の尻尾《しっぽ》を掴むところまで来た。本物の魔王がシュテノヴに潜伏している――微《かす》かな可能性しか感じていなかったが、ウィレムはこの結果を嬉《うれ》しく思っていたのだ。

しかし、あと一歩のところで肝心《かんじん》の魔王が見つからず、このまま捜し続ければ痩《や》せそうなほど汗もかいた。

もうあの小屋に戻って待った方が得策か、と考え始めた頃――顎《あご》に手を当て深刻な表情を作る農夫が、ぶつぶつと何事かを繰《く》り返しながら、すぐ目の前を通り過ぎようとしていた。

「――ゃ、違う。リタちゃん、俺《おれ》は酔《よ》っ払《ぱら》ったらできない体質なんだ……いや、証拠《しょうこ》がない」

リタ・ヴァイカートの名前を繰り返し、何を言っているのかよくわからなかったが、ウィレムは座ったまま声をかける。

「……おい、あんた」

「――!」

村の農夫たる元魔王シグルズは、ビクリと目を見開き小さな悲鳴をあげる。まさかこんな所に人がいるとは思わず、心底驚いた様子。

それに構わず、鋭い目つきのウィレムがゆっくりと立ち上がり、上着のポケットを左手で探《さぐ》りながら自分の用件を伝える。

「伝説の異邦の王、魔王シグルズだろ?」

驚きの後にいきなり正体を問われ困惑したのか、「え?」や「あ……」などとまごまごした言葉を口にするシグルズ。

ウィレムも、伝説の存在がこんな奴《やつ》だったのか、と頭をかいて苦笑《くしょう》するしかない。しかし、ここまで来た以上、魔王シグルズを目の前にした以上、後に引くことはできなかった。

懐《ふところ》から自然な仕草で取り出した注射器を、慣れた手つきで自分の太い首に打つ。

「まあ、初対面で悪いんだが――」

不意に現れた宙を漂う黒い魔素《まそ》の塊《かたまり》。それは徐々にウィレムの下へ集まり、膨《ふく》よかな身体を変質させていく。

ボコボコと右腕《みぎうで》が膨れ上がり、出来上がる大きな鉤爪。さらに黒く染まっていく肌《はだ》。幾《き》何学的《かがくてき》な模様の入るギラついた右目。ウィレムの右上半身が、化け物へと変貌《へんぼう》する。

「死んでくれ」

高められた深淵《アビス》の力、剥き出しになった身に宿る本性《ほんしょう》。

その姿はまさに、異邦人《バーレルセル》――。

豹変《ひょうへん》する膨よかな男に、シグルズは驚きの色を隠せず、口を開けたまま眺めるだけ。確かこの男は――と先ほど怒《いか》れるリタにちょっかいをかけていた者だと気がつく。ただ、まさか正体が異邦人だとは思っていなかった。異邦同士でも言ってくれなければ割とわからないもの。

しかし、「死んでくれ」と告げられては非常に困ってしまう。狙《ねら》われる理由に全く心当たりがないわけでもないが、自分をシグルズだと知って挑《いど》んでくる異邦人は珍《めずら》しい。

「リタちゃんは？」

とりあえず気になったことを聞くシグルズ。この膨よかな男がこの場にいる、ということはリタから逃げられたのか、もしくは――

「生きてる、今も小屋で魔王の帰りを心待ちにしてるな」

「……そっかあ」

魔王が聞きたいことを察したウィレムの適切な回答は、シグルズを喜んでいいのか悲しむべきなのか曖昧な気持ちにさせる。だが、小屋に戻ろうと、この場に居ようと、命を狙われていることに変わりはなかった。

「まあ、人の心配をしている場合じゃないだろ」

言葉は冷静なウィレムだが、大きな鉤爪の調子を確かめるように、先ほどまで背中を預けていた大木に振り、なぎ倒す――。力の解放は気分を高揚《こうよう》させるため、暴れたい衝動を抑《おさ》えるのも一苦労。

シグルズもウィレムの様子から、戦闘《せんとう》を避けるのが難しいと判断する。長年異邦人をやっていれば、慣《な》れていないのは一目瞭然《いちもくりょうぜん》だった。

「とりあえず、戦う目的を聞いてもいいかな？」

頭を掻《か》いて苦笑いし、今から襲われるというのに全く敵意を見せない魔王。侮《あなど》られた態度には、ウィレムも鼻で笑い返すしかない。そして、膨よかな肉体を捻り、

「男なら誰だって、一度は英雄《えいゆう》になる夢を見るだろ」

右手の鉤爪を上から大きく振りかぶった――。その強襲《きょうしゅう》は大地を抉り、森の木々を揺らす。目の前を掠《かす》めるように後ろへと避けたシグルズも、異邦人としての力は本物だと確信する。

避けられることがわかっていたように俊敏《しゅんびん》な動きを見せ、身体ごと回転するように横薙《よこな》

ぎの爪《つめ》を振るう。弾《はず》む腹肉。これもシグルズは目で追いながら身を反らし、難なく避けた。

二度の爪撃《そうげき》でシグルズが鉤爪を警戒《けいかい》していると見たウィレムは、左手で拳銃《フューリー》を取り出し反転。すかさず狙いを定め、引き金を引く。

高速の弾丸。至近距離《きょり》から放たれるそれに目を剥くも、シグルズは打ち払おうとせずに体勢を傾《かたむ》けて避けた。今朝方リタから逃げる時に、銃弾《じゅうだん》が爆発《ばくはつ》するところは見ていたのだ。

しかし——————!!

シグルズの顔の横を通過するところで、銃弾は爆発を起こす。

ウィレムの愛銃フューリーに込められた弾丸は、近接信管式魔導炸裂弾《マジック・ヒューズ》。小さな干渉石を特殊《とくしゅ》な振動《しんどう》で揺《ゆ》らし、目標から反射した魔素を受け取り爆発する。弾丸が目標物に接触《せつしょく》しなくても、近傍範囲内《きんぼうはんいない》に入れば起爆《きばく》する仕組みだった。

——シグルズの視界を奪い、炎や煙が晴れるのも待たずに突撃するウィレム。右手の鉤爪でシグルズの身体を捕らえると爆煙《ばくえん》を走り抜け、勢いのまま真後ろにあった大木に叩《たた》きつける。

異邦人の力は人の比ではなく、鉤爪と大木に挟《はさ》まれたシグルズは堪《たま》らず苦悶《くもん》の表情を浮《う》かべた。

「っ！」

ウィレムは攻撃の手を緩《ゆる》めず、シグルズを大木ごと握《にぎ》りつぶすように力を込める。

「こんなもんじゃないよな、魔王の力ってのは」

あくまでも魔王シグルズは本気を出していない、ウィレムも侮られていることには最初から気がついている。魔王たる者の力が、こんなものであるはずがない。

——シグルズ様なら、きっと世界を変えてくれる。

母があんなに期待していた異邦の王が、こんなものでいいはずがないと。

「……君さ、ハーフだろ？」

——だから、今は我慢《がまん》しなさい。人もいつか、私たちと同じだって分かり合えるから。

その血により、幼い頃から耐え忍《しの》ぶことを強《し》いられる。誰からも理解されず、また誰からも好まれず、どっちつかずに曖昧な存在として生きる者。

「まあな、だが心は人の側にある。元憲兵でな、大勢の異邦人も捕らえた」

「……素直《すなお》じゃないね」

　爪と大木に挟まれながら鼻で笑うシグルズを、ウィレムは訝《いぶか》しみながらも鋭い目つきで睨《にら》みつける。何がおかしいのか全くわからなかったが、ひどくバカにされている気分になる。何を知った風な口を利いているのかと。

「感情が漏れてる。俺はほんの少ししかわからないけど、君は感応だろ？」

　感応は異邦人のある特定の種が持つ体質であり、ウィレムも当然親から受け継《つ》がれたもの。

「それ、魔素を通じて相手の気持ちを知ったり、相手に気持ちを送ったりできるからさ。上手い奴同士なら普通に会話もできるし、昔は連絡《れんらく》班なんかしてくれてたなあ」

　しかし、ウィレムに力の使い方を教えてくれる者はいなかった。

　ときおり魔素を通じて伝ってくる相手の感情は、捉《とら》えどころのないものとして認識《にんしき》し、また自分から感情を伝えることができるなど知らなかった。

「以心伝心。良い能力だよね、感応持ってる奴はだいたい優《やさ》しい奴だったよ」

　ウィレム・レーべは人と異邦の混ざり者《ハーフ》――。

　人の父親と異邦の母親の間に生まれ、どちらからも「化け物の子供」、「脆弱《ぜいじゃく》な人の子供」

と罵《ののし》られ、故郷では友達にも恵《めぐ》まれず。

母親は第三級の長命種であったが、ウィレムが幼い頃に病で倒れている。人と異邦の双《そう》方《ほう》から嫌《きら》われていた一家に、手を差し伸べてくれる者はいなかった。

それを転機に、父親とウィレムはシュテノヴに渡《わた》る。異邦人に比《ひ》較的寛容《かくてきかんよう》な政策を取っていると聞いたからだった。

多少の差別はあったものの噂は本当であり、ウィレムは混ざり者でありながら軍士官学校に入ることもできた。膨よかな肉体でも人より少し優《すぐ》れた身体能力、感応体質の特性。実力至上主義のシュテノヴで頭角を現していく。

そして精鋭である憲兵隊に入隊。当時は魔王シグルズが復活したこともあり、なぜ混ざり者なんかが、と嫉妬《しっと》も多く受けた。

しかし、感応という特殊な能力で〝封輪《ふうりん》〟を済ませていない隠れた第二級異邦人《バーレルセル》や、罪を犯《おか》す者たちを大勢捕《つか》まえ、人としての信頼を勝ち得ていく。同時にそれは、規律の中で異邦人を守るためのことでもあった。

ところが、いくら一憲兵として努力したところで、治安が良くなるわけでもなく、半端《はんぱ》者《もの》でも生きやすい世界になるわけでもなく。世間の風潮は全く変わらず、魔王も一向に動きを見せず。誰かに受け入れてもらうより、自分が強くならなければいけない、と思うようになっていく。

そして、異邦の血を引くことに目をつけた魔導研究員から話を持ちかけられ、手に入れた深淵の力。成功献体《けんたい》の特例として封輪をされることはなかったが、特務課報局へ入ることを義務付けられ、現在の職務を忠実に全《まっと》うしている。


「俺が優しい奴とは限らない」

目の前にいる異邦の王の話は、母が寝物語《ねものがたり》に聞かせてくれたので良く覚えていた。世間では悪いように言われているが、本当はとても良い方だと。自分たちのような半端《はんぱ》な家族でも、受け入れてくれる世の中を作ってくれるはずだと。

魔王が復活したと世界が恐慌《きょうこう》に陥《おちい》る中、若きウィレムは期待していた。母の信じた英雄が、救世主が現れてくれたような気さえしたのだ。

「現に今、お前を殺そうとしている」

しかし、その期待は結果として裏切られる。魔王は八年もの間、何も行動を起こしてはくれなかったのだ。伝説の存在、世界を動かせる存在が何もしないで黙《だま》っている。ウィレムは自分勝手な期待だと知りはしても、もどかしい気持ちは抑えられず。何もしないならもういっそのこと居なくなってくれ、とさえ思っていた。

　そして、降って湧《わ》いたような噂話に、上がってきた特務課報局の任務。本当に会える確率など無いに等しいと思っていたが、こうして幼い頃に憧《あこが》れていた英雄を前にすることができた――。

「世界の平和のためにな」

　ウィレムが右手に力を込める。大木はバキバキと音を立て、押《お》し込む力により根本からせり上がってきた。このまま全力で握りつぶす、そう力んだ瞬間《しゅんかん》――ザラつく気配。

　それは、手の内にある魔王から発せられた深淵の魔力《まりょく》。

「……最後に聞くけど、やめる気は無い？」

　魔王の両目に幾何学《きかがく》模様が浮かび上がり、黒い魔素が周囲を漂《ただよ》う。自分とは比べ物にならないほど深い淵《ふち》。未《いま》だかつて感じたことが無いほど大きな力を目の前に、ウィレムの脳《のう》裏に死の直感が過《よぎ》る。同時に、胸に込み上がってきたのは嬉しさだった。

　母が楽しそうに語ってくれた魔王の話。自分がかつて憧れた男は、本当に強い人だったと。

「無いな、俺は英雄になりたいんだ」

　ウィレムは恐怖《きょうふ》に歪《ゆが》み、期待に笑みがこぼれる表情で、伝説の英雄の姿をその目に焼き付けた――

▼

夕方、薄暗《うすぐら》い森の中。少し拓けた場所で横になり、ウィレムは真っ赤な空を眺《なが》める。全身はボロボロ、顔もパンパンでもう動く気力すらない。

全力を出し、圧倒的《あっとうてき》な力の差で一方的にボコボコにされる。屈辱的なことかと思っていたが、これほどまでに清々《すがすが》しい気分だとは知らなかった。

しかし今は、魔王にずっと言ってやりたかった言葉を投げつけた。憧れと逆恨《さかうら》みと皮肉の混じった言葉。

「あんたが、前の災厄《さいやく》で勝っていれば……母さんはあんな死に方しないで済んだ」

シャツの襟《えり》を正していたシグルズは少し眉《まゆ》を寄せ、考えるような仕草で顎に手を当てる。人と異邦人も同じ、それが交わる世界を見せてやる――いつか約束した男の言葉を思い出しながら、ウィレムに向けて小さく指差した。

「でも俺が勝ってたら、君が生まれなかったね」

そう肩《かた》をすくめ、良い事言えたと満面の笑みで手を振り去っていく。

異邦人、特に長命種は滅多《めった》に子供を作らない。それが人と交わり子を生《な》すことは、正に奇跡《きせき》のようなことだった。

これまで抱いていた想《おも》いが、ウィレムの胸に溢れては溶《と》けていく。

――ウィレムが生まれてくれて本当に良かったよ。ありがとう。

夕闇《ゆうやみ》が迫《せま》る森の中で思い出す、母の最期《さいご》の言葉。

片手で目頭《めがしら》を押さえ、デブは無様に涙《なみだ》を流した。

▼

シグっさんが満足げに小屋へ戻《もど》ると当然、リタが待ち構えていた。しかし、どうも様子がおかしい。リタは満面の笑みを浮かべてシグっさんを迎えたのだ。

俺、寿命《じゅみょう》長いから滅多にそういうことしないんだ、紳士《しんし》なんだ、と最高の言い訳を思いついたのに予想外の展開。

嬉々《きき》としてシグっさんをベッドの端に座《すわ》らせるリタ。なんだかシグっさんも悪い気はしなくて、少し鼻の下を伸《の》ばして従ってしまう。

どうやら、エルナという女の子に、「男女間ではそういうことがよくあるから、あんまり気に病《や》む事でも無い」と教わったらしい。

エルナちゃんって誰《だれ》、と迂闊《うかつ》なことは聞けずに曖昧《あいまい》な返事をしたが、なんとか危機が去った事を心の中で喜ぶ。リタが怒っていないのであれば、この話はこれで終わり、という気持ちだった。

しかし、「でも、一回は一回だからさ」とおもむろに白銀の剣《けん》を取り、微笑《ほほえ》むリタ。

「刺《さ》されるのと切られるの、どっちが良い？」

騙《だま》された、怒ってる、と察し驚愕《きょうがく》の表情を作るシグっさん。どこを刺されて、何を切られるのかは怖《こわ》くて聞けなかった。

――そして、リタに色々な知識を吹《ふ》き込んでいったエルナは、デブを置いて勝手に帰っていた。

▼

楕円形《だえんけい》に広がるこぢんまりとした部屋。奥に大きな窓があり、手前には高級そうな木製机。中央には白いソファと小さめのテーブルが備えられている執務室《しつむしつ》。壁際《かべぎわ》に並ぶ調度品も高価そうな物ばかり。

牛革が張られた黒い椅子《いす》に座るシュテノヴ国家元首ブルーノ・ヴィンデバルトは、執務《しつむ》机《づくえ》に肘《ひじ》をつき頭を抱《かか》えていた。

「その報告に……間違《まちが》いは無いのか？」

「間違いございません。ウィレム・レーベからの報告です」

震《ふる》えた声の質問に答えるのは、シュテノヴ特務諜報局局長ディルク・フンボルト。

落ち窪《くぼ》んだ目、長い髪《かみ》の毛と不健康そうな肌、淡《あわ》い灰色の制服に身を包み、後ろ手に直立不動の姿勢。壮年《そうねん》の陰気《いんき》臭《くさ》い男だが、国家の安寧《あんねい》を陰《かげ》から守る特務諜報員のトップを務めている。

ディルクは、今しがたウィレムからの調査報告をブルーノに伝えたところだった。

——魔王がケーニッツの村に潜伏していた。

禿《は》げ上がった頭がさらに禿げそうな報告を受けたブルーノは、必死に各国への言い訳を考える。仮に、魔王が潜伏していたと素直に発表した場合、疑いの目を向けられるのは明らか。シュテノヴが魔王を囲《かこ》い込《こ》み、何かをしていたと噂になれば、隣国《りんごく》である西のフィノイ王国や南のザースデンが黙っているはずはなく、鬼《おに》の首を取ったかのように糾弾《きゅうだん》してくる。つい八年前に終結した戦争で、結果的には勝利したと他国から見られてはいるが、魔王復活による半ば休戦に近いもの。海の向こうのスラウゼンやその他諸国との関係を悪くし、同盟など結ばれでもしたら、いつ宣戦布告してくるかもわかったものではない。

さらに民衆からも国家への不信が募《つの》ってしまうことは間違いなく、国内治安が悪化してしまうことが容易に想像できた。

シュテノヴ国内に魔王がいた時点で、ブルーノに選択肢《せんたくし》は無く詰《つ》んでいたのだ。

「どうすればいい……」

口では言うものの、頭の中ではすでに発表後の対応について考えていた。先に遠方の有力国家から根回しをして、厄介《やっかい》なフィノイ王国とザースデンに外交の包囲網《ほういもう》を敷《し》いておくか。しかし、根回しした先に間諜《スパイ》がいた場合、先手を打たれてしまう可能性がある。国際政治のテーブルは常に先手を打つほうが有利となる。ありとあらゆる可能性を考え、網羅《もうら》し、脳内を三周くらい巡った後、ブルーノは一つの結論に達した。

一瞬《いっしゅん》の沈黙——両手を前に組み、口元を隠しながらディルクを鋭い目で見つめるブルーノ。

「もう、黙っててもいいかな？」

考えるのが面倒《めんどう》くさい。問題を先送りにし続けるのもまた政治。そもそも自分は演説が上手くて総統にまで上り詰めたのだから、難しい策略とか考えられない。

諦《あきら》めの良さと切《き》り替《か》えの早さがブルーノの取《と》り柄《え》だった。政治に頭の良さは必要無く、饒舌《じょうぜつ》と見栄《みば》えと腹黒ささえあれば良い。それは歴史が証明している。

しかし、ブルーノ渾身《こんしん》の先送り案を、ディルクがあっさりと否定する。

「それは困難です。おそらくですが、放っておいても魔王の所在は近いうちに各国へと知れ渡ることになります」

「……ふむ」

ブルーノは微かに眉を動かし、鋭い表情を浮かべた。しかし、ディルクが何を意図しているのか全く理解していない。ただ雰囲気《ふんいき》で応じる、それが政治家という存在だ。

「魔王の所在を突《つ》き止《と》め確信いたしました。今回の〝噂〟は間違いなく意図的に流されたものです。時間をかけて不信を招き我《わ》が国《くに》を陥れるためか、また別の目的があるのかは不明ですが」

「ほう……」

ディルクはブルーノが考え無しの行き当たりばったりだと良く知っている。しかし、呆《あき》れることはない。総統は常に決断し選ぶ立場であり、手足となって思考し、行動するのは自分たちだとわきまえているからだ。

「いずれにしても、我々が発表するか、しなければ他国の力を使ってでも魔王《まおう》の居場所を世間に公表する気だということです。潜伏先がケーニッツ村だということも把握《はあく》していると考えるのが妥当《だとう》かと。魔王がその座を降りた話を流していないことを考えれば、この噂を仕組んだ者は有力な国家の上層部、もしくはそれに近い権力を持っている人物だと予想されます」

目を瞑《つぶ》り、ゆっくりと頷《うなず》くブルーノ。

魔王が指導者の立場を降りたことについては、最高機密として発表しないことで国家間の協定が結ばれている。いずれにしても魔王の脅威が存在する以上、無用な混乱を避《さ》ける名目だった。魔王がいることで利益を得ている国も多く、国家により事情は様々、ただ協定を破ればいくつもの大国を敵に回してしまう事実だけは明らかだった。

つまり、今回の噂《うわさ》を仕組んだ者は、魔王の現状を知りながら、退位を公表する気はないとも取れる。

「残念ながら、その人物が誰かについて、また目的が何かまでは掴《つか》めておりません。ただ、

〝スラウゼンの剣〟が魔王と共にいたという点を手掛《てが》かりに情報を収集し、噂を流布《るふ》した者を絞《しぼ》ることができました」

「え！　早っ！　誰？」

ブルーノは我が国の諜報機関が優秀《ゆうしゅう》すぎて、つい驚《おどろ》いてしまう。見開いた目と口を慌《あわ》てて直し、渋《しぶ》い表情を作り直す。

「レナートス・ツァンパッハ、スラウゼンの剣と共に旅をした吟遊《ぎんゆう》詩人。というのが表向きの顔ですが、こちらは偽名《ぎめい》であり、本来はレナートス・ツァンパッハという人物自体が存在していません。スラウゼンの剣の仲間の中で、彼《かれ》だけに不審《ふしん》な点が多く見つかります」

「あ〜、そうなんだ」

正直に言えば全然知らないのでスッキリしていないブルーノだったが、スラウゼンの剣リタ・ヴァイカートと一緒《いっしょ》に旅をしていたと聞けば、何かしらの有名人だろうと感じていた。

「レナートス・ツァンパッハを探っていけば、裏に潜《ひそ》む黒幕の正体までたどり着けるかもしれません」

「つまり、黒幕を先に暴《あば》けば魔王の居場所はバレないし、放っておいても大丈夫《だいじょうぶ》ってことか」

なんだ話が早いじゃないか、とブルーノは腕《うで》を組んだ。あんなに心配するんじゃなかった、と口を尖《とが》らせる。だが、

「いえ、そうは行かないのが現状です。おそらく我々がレナートス・ツァンパッハに接触した段階で、黒幕に先手を打たれます。魔王の所在すら把握していなかった我々は、情報戦で後手に回っていますので、厳しい状況《じょうきょう》と言わざるを得ません。解決するには時間が必要となります」

シュテノヴに不利益をもたらす敵が何を狙っているのかわからない以上、時間をかけて探るしかない。直立不動のディルクは無表情のままに事実を告げる。

やはり、魔王の所在を発表してなんとか言い逃《のが》れするしかないのか――ブルーノは気が滅入《めい》る思いでディルクの話を聞いていた。

「もうこっちから魔王の所在を発表するしかないね。かなり痛手はあるけど、それで時間を稼《かせ》ごうか」

「いえ、必要ありません」

諜報戦の敗北と諦めていたブルーノに、ディルクは首を横に振《ふ》った。

「魔王の所在を本当に不明とすれば、時間を稼げます」

「……どうやって？」

魔王にどこか行ってくれと頼《たの》んで、どこかに行ってくれるわけがないとわかっているし、ディルクがそんなに甘《あま》い男でもないと知っているブルーノは、もう嫌《いや》な予感しかなかった。

「ケーニッツ村を破《は》壊《かい》します」

第三章　女勇者が帰らない

あの日から一週間。元異邦《いほう》の王たるシグっさんは恐怖に震える毎日だった。それは今、シグっさんの家の小さなテーブルを挟み、黙々《もくもく》とパンをかじる金髪《きんぱつ》の娘《むすめ》に原因がある。

――リタが帰らない。

自尊心をかなぐり捨てた土下座が炸裂《さくれつ》した日から、その場でシグっさんの大切なものを奪《うば》うことをやめたリタは、シグっさんの小屋に居ついている。
確かに初日は「も、もう、山を下りるのも遅《おそ》いから泊《と》まっていきなよ。俺はアルノルト爺《じい》さんのところ行くから」と優しさを見せた。しかし翌日の夕方、小屋に帰ってきたところ、まだリタは家にいたのだ。扉《とびら》の修理をしながら、シグっさんの頭の中は、帰らないの？と疑問で溢れていた。
お互《たが》い毎日を二言三言で生活する日々。一体なぜ帰らないのか――理由が全く分からず、シグっさんも聞くに聞けず、固い床《ゆか》の上で寝《ね》る日々が続く。もしも寝ている間に切られたらどうしよう、と気が気でなかった。

しかし、リタは普通《ふつう》に寝て、起きて、何をしているのか、また帰ってきて寝る。食事を出さないのも悪い気がしたので、シグっさんはリタの分まで用意したり、たまにアルノルト爺さんたちと一緒に食べたりした。

あまりに当たり前のような顔で居つくので、リタが何を考えているのかもさっぱりと分からないまま。


――今日も朝からアルノルト爺さんと丘《おか》向こうの畑で仕事に精を出し、そろそろ休憩しようかと話していたところ、アルノルト爺さんが突然《とつぜん》変なことを言い出した。「リタちゃん頑張《がんば》ってるかい？」と。

何を？　という気持ちでアルノルト爺さんに尋《たず》ねると、どうやらリタはイルゼ婆《ばあ》さんのところで編物や裁縫《さいほう》を教えてもらっている様子。

シグっさんは、リタがこれから普通の女の子として生きる、と言っていたことを思い出し、その一歩を早くも踏《ふ》み出しはじめたのかと感心した。

編物とはなんともわかりやすいが、戦いに明け暮れていたリタが初めて取り組む女の子らしいこと。きっと楽しくて夢中になっているはず――シグっさんはやっとリタが帰らない理由に察しが付き、喉《のど》につかえたものが取れてスッキリした気分になった。

もろこし茶を取りに小屋へ戻ると、リタはいなかったが食器棚《しょっきだな》の中に編みかけの靴下《くつした》を発見。やけに寸法の小さく下手くそなものだったが、リタの努力が垣間見《かいまみ》え、少しだけほっこりとした気持ち。

この調子だとしばらくは固い床で寝る生活になりそう。しかし、人が新しい人生を始めようとしている、その不安と期待が込められた気持ちを良く知っているシグっさんは、リタを応援《おうえん》してあげようと思い至る。

実は部下だったアンネローゼが定期的に援助金《えんじょきん》を送ってくれるので、シグっさんはかなり貯《たくわ》えを持っている。元異邦の王がみすぼらしい生活をしないようにとのことだったが、未だお金に手は付けず。いつか村の人たちが困ったときに使って貰《もら》えばいいとと取って置いた。

しかし、若い女の子に良いところを見せたい虚栄心《きょえいしん》か自己満足か、ベッドの下に貯《た》めている沢山《たくさん》の金貨に手を伸ばし一枚拝借、何か女の子らしい物でも買ってやろうかという気になっていた。これでリタも恩を感じ、殺しにくることも無くなるだろう、との打算も少しはある。

木製テーブルと丸太椅子に座り、もろこし茶を飲みながらアルノルト爺さんと休憩。春の穏《おだ》やかな風に、雄大《ゆうだい》な山の景色を眺めながら自然を堪能《たんのう》する。

シグっさんはふと、女の子らしい物といっても何を贈《おく》れば良いのかと思い、人生の後輩《こうはい》だが女経験豊富だと自称《じしょう》するアルノルト爺さんに相談した。

アルノルト爺さんはきょとんとした様子で、「そりゃあれよ、金ピカの装飾品《そうしょくひん》よ」と即答《そくとう》。昔は良くイルゼ婆さんにせがまれていたらしい。星の数ほど女はいたが、イルゼ婆さんには特別に高いものをやったと少し自慢《じまん》げ。

話の後半はどこか嘘《うそ》くさいなと思いつつもシグっさんはうんうん頷き、人も異邦人《バーレルセル》もそこら辺は変わらないのだなと知る。

しかし、これは若者のこれからを支援《しえん》するための贈与《ぞうよ》品なので、装飾品は如何《いかが》なものかと冷静な判断。下心で狙っていると思われても恥《は》ずかしく、少し高い裁縫道具でも贈ってやろうかと考えていた。

夕方になって小屋に戻ると、驚くことにリタの友達の女の子が来ている。頭のてっぺんに一つのお団子を作る茶髪《ちゃぱつ》は、つい先日見た覚えもあった。

シグっさんが「どうも」と軽く会釈《えしゃく》をすると、向こうもニヤニヤとしながら「あ、お邪《じゃ》魔《ま》してるっす」と会釈を返してくる。

それから、ベッドの端《はし》に座るリタと椅子に座った女の子の談笑《だんしょう》。なるほど、この子が噂のエルナか、とシグっさんは一つ余っている椅子を引いて、農具の手入れを始めた。


楽しくお喋《しゃべ》りしている二人の邪魔にならないよう黙々と作業していたシグっさんは、あることに気がつく。

もう外は暗いが、エルナは泊まっていくのだろうか。気になったシグっさんが声をかけると、エルナは「お構いなく、寝袋《ねぶくろ》持ってきてんすよ」と大きな背嚢《はいのう》を指さす。まるでどこかに山籠《やまご》もりでもするかのような荷物。

軍士官学校で訓練を受けているので外でも寝られる、と言うエルナに、リタは泊まっていけばいいと提案した。当然、シグっさんも女の子を山の中で寝かせるわけにいかないので、エルナに泊まることを勧《すす》める。

しばらくの押し問答《もんどう》の末、それじゃお言葉に甘えて、とエルナは泊まっていくことを承《しょう》諾《だく》。「新婚《しんこん》なのに申し訳ないっす」と少しだけ悪びれた様子だ。シグっさんは、そういえばリタとはそういう建前だったな、と思いつつも、何か小さな違和感《いわかん》を覚えた。

イルゼ婆さんのところからもろこし野菜の煮込《にこ》みスープを分けてもらい、シグっさんとリタとエルナの三人は食卓《しょくたく》を囲んだ。エルナはやけに気に入ったのか、お代わりもしつつペロリと平らげていく。

あまりにも美味《うま》い美味いと言うものだからシグっさんも鼻高々、ケーニッツ村の良いところをたくさん語り出す。

雄大な自然に長閑《のどか》な暮らし、食べ物も美味くて住んでいる人も良い人ばかり。嬉《うれ》しいことがあればみんなで喜び、問題があればみんなで解決する。正式に村長の肩書《かたが》きがあるわけではないが、アルノルト爺さんがみんなをまとめ、気ままな暮らしを楽しんでいる。こんなに良い村は見たことない——そう誇張《こちょう》気味に主張するシグっさん。

エルナが「へえ、そうなんすね」、「マジっすか」、「へえ」と繰《く》り返し相槌《あいづち》を打ってくれるものだから、シグっさんは嬉しくて楽しくて喋りまくった。

もういっそのこと村に住めばどうだい？　と話の締《し》めに勧めると、エルナが自分の膝《ひざ》をパチンと叩いて「ご冗談《じょうだん》を！」と笑った。

やっぱりそうだよね、と頭をかいて苦笑いを浮かべるシグっさん。隣《となり》のリタは澄《す》まし顔《がお》でスープを啜《すす》るように飲むだけ。

シグっさんの気を悪くしてしまったか、とエルナが慌てて手を振った。「そういう意味じゃないんすよ」と。

そして、衝撃《しょうげき》の一言を告げる。

「住みたいのは山々なんすけど、もうすぐこの村無くなっちゃうんで」

肩をすくめながら、さも残念そうな表情を作るエルナ。

「なんか新兵器の実験の事故って名目で消されるらしいっす。あ！　今日はリタっちにそれ伝えに来たんすよ、ここに住んでたら巻き添《ぞ》え食らうっすよって」

初めてそれを聞かされたリタとシグっさんはポカンと口を開けたまま、「美味《おい》しいスープもあるのにもったいないっすねえ」と他人事なエルナを見つめた。

▼

シュテノヴ第四魔導《まどう》研究所——首都から北に離《はな》れる学術都市バーアンに建てられた白く大きな石造りの建物。軍事転用できる技術の研究を主としており、シュテノヴ軍の兵器開発や生体実験などを行う国立の魔導研究機関である。建造されてからまだ十年と経《た》っていない新しく無機質な外観同様、ここで働く人々もまた無表情な者が多い。

しかし、所内で黙々と作業をする技術者や研究員の中にあって、一際《ひときわ》感情豊かに高い声で叫《さけ》ぶ者がいた。

「――だからあ！　〝火球爆弾《フレアボム》〟の実験は平野で行わないと正確なデータが得られないっての！　〝創造級《ブリアー》〟上位の破壊力《はかいりょく》が予想されるのよ！　何なの、あんた阿呆《あほ》なの⁉」

事務机の上に書類をバンと叩きつけ、部下に威圧的《いあってき》な態度をとる女研究員。黒縁《くろぶち》メガネと白衣に身を包み、後ろに長い三つ編みを丸めた魔導研究員ユッタ・シェーハーは、新兵器の実験場に選ばれたのが山間部であることに憤慨《ふんがい》していた。

火球爆弾は、精製された高純度の〝液体魔素〟を周囲に散布した後に爆発し、広範囲《こうはんい》に渡って連鎖的《れんさてき》に火球を撒《ま》き散らしながら酸素までも奪う悪質な爆弾。液体魔素と呼ばれる新しく画期的な燃料を用いた試験兵器だ。

平野で爆発させ、それがどの程度の範囲《はんい》まで効果を及《およ》ぼす物なのか試《ため》してこそ実地試験のしがいがあるというもの。起伏《きふく》の激しい地形や強い風に晒《さら》されては、しっかりとした情報を得ることもできないし、改良するための検証もできない。

「いえ、僕《ぼく》に言われても困ります。上の決定です」

山より起伏の激しいユッタの激情を、冷静な面《おも》持ちで一蹴《いっしゅう》する若い男性研究員ハンス・

クラカウ。液体魔素の精製に成功した天才美人研究員と噂だったユッタの下で、新しい魔導技術の研究に励《はげ》めると喜んでいたのはもう二年以上前のこと。今ではその激しい性格に辟易《へきえき》としている。

「なら上に掛《か》け合って来なさいよ！　あんたは私の部下のくせに頭が回らない無能⁉」

部下となる研究員はユッタの横柄《おうへい》な態度に嫌気《いやけ》がさし、半年と経たずに辞《や》めていくことが多かった。しかし、ハンスだけはどんな事を言われてもめげずに食《く》らいついている。罵倒《ばとう》されようと、理不尽《りふじん》な事を要求されようとも。

「そんなこともできないからハンスは三流なの！　頭は悪い、仕事もできない、いつまでたっても研究成果も出せない！　今もグズグズして、もうさっさと上に文句言ってきなさい！」

それはもちろん、魔導研究の天才ユッタの下で最新の魔導技術を学びたい情熱に似た知識欲――ではなく、美人だし一発くらいできないかな、という淡い期待から。

「無理です。ご自分で行ってください」

「え？　あ……む、無理なの？　あ、嫌なんだ……ご、ごめん」

そしてユッタが、割とハッキリ物事を言えばすぐにオドオドとすることに気がついたからである。口は煩《うるさ》いくせに、実際事を構えると非常に打たれ弱く、所長に怒《おこ》られた時はめちゃくちゃに泣きながら帰ってくることもあった。

「……き、今日飲みに行こっか」

「いえ、今日は用事があります」

頬《ほお》をかきながら、気を遣《つか》ったように酒の席へと部下を誘《さそ》うユッタ。

意外に人から嫌われたくないのか、機嫌《きげん》を損《そこ》ねたと思うとすぐ飲みに誘ってくる。元気付けようとして逆効果なのが、「私もあんたのためを思ってうるさく言ってるんだから」という口癖《くちぐせ》。

さらに、深酒で酔《よ》っ払《ぱら》うと二十八歳《さい》のくせに可愛《かわい》らしい仕草で甘えたがり、打算の無い無防備な姿で男心をとってもくすぐる。

「ですが、ユッタさんがどうしてもと言うならお付き合いします」

ハンスも正直に言えば、これまでに二、三回くらいユッタを抱《だ》く好機はあったのだが、実際「これは行ける！」と思う場面に出くわすとその勇気ある一歩が踏み出せず。紳士的《しんしてき》なふりをしてユッタを家まで送り届け、自宅で思いっきり後悔《こうかい》していた。

「あ……うん。じ、じゃあ、今日は奢《おご》るよ！」

「ご馳走《ちそう》になります」

今日はと言うが、上司のユッタが奢ってくれるのはいつものこと。

そして今日も無表情の下に目《め》一杯《いっぱい》の下心を隠《かく》し、ハンスは上司のユッタと飲みに行く。

――ユッタ・シェーハーは、シュテノヴ魔導技術の研究における第一人者。十年前の若き日に発表した妖精《ミィム》理論が高く評価され、以来魔導研究の最前線で活躍《かつやく》している。

近年ではこれまで不可能とされてきた固形魔素、俗《ぞく》に言う〝魔石〟を融解《ゆうかい》させ液相に保つ実験に成功し、液体魔素と呼ばれる革新的なエネルギー技術を生み出していた。

魔石は大気に含《ふく》まれる魔素が長い年月をかけて蓄積《ちくせき》し、古い地下遺跡《いせき》や地層などから度々発掘《たびたびはっくつ》されるもの。高濃度《こうのうど》に圧縮された固形魔素は強い力を持っており、様々な属性を帯びているため古くから魔《ま》剣鍛造《けんたんぞう》や魔術的儀式《まじゅってきぎしき》に利用されてきた。

しかし、魔石の強い力はとても不安定なものであり、刺激《しげき》を与《あた》えれば非効率に放出され、使い切ると気化し消滅《しょうめつ》してしまう。魔石が大気に溶けて行く様から、その前段階があることはわかってはいたが、固形よりさらに不安定な液相に保つことは非常に難しく不可能と言われていた。

ユッタは固形魔素の強い結びつきを特殊《とくしゅ》な魔素の波長を当てることにより緩《ゆる》ませ、徐々《じょじょ》に融解させていくことで液状化に成功。さらに液状化した魔素を精製して不純物を取り除き、高純度の液体魔素を作り出すことも可能としていた。

液体魔素は様々な用途《ようと》に転用できることから、次世代の新たなエネルギーとして期待が高い、とユッタは提唱している。しかし、新たな技術とはまず軍事に利用されるもの。そこでしっかりとした成果を出さなければ、国は研究を支援してくれない。

こうして液体魔素を用いた魔導兵器である火球爆弾《フレアボム》を開発し、実地試験にまで漕《こ》ぎ着けたのだった。

ところが、実験場に選ばれたのは何故《なぜ》か山間部の辺鄙《へんぴ》なところ。丹精《たんせい》を凝らして育てた我が子のお披露目《ひろめ》が中途半端《ちゅうとはんぱ》なものであっては、ユッタもたまったものではなかった。

学術都市バーアンにある小洒落《こじゃれ》た酒場。

「——だから〜、私もぉ、あんたのためを思ってうるさく言ってるんだからあ」

「ユッタさん、それもう八回くらい聞いてます」

麦酒《エール》の入ったジョッキを片手にヘラヘラとするユッタを、ハンスが冷静な面持ちで一蹴する。実験場の件があったせいか飲むペースは普段《ふだん》より速く、ユッタはすでにぐでんぐでんの酔っ払いと化していた。

「あいつらもぉ、全然わかってないのよ〜」

「仕方ないですよ。今回正確なデータが得られなくても、また次がありますす」

口は悪くて激しい性格でも、自分の研究を我が子のように大切にし、一生懸命《いっしょうけんめい》に取り組むユッタの姿を見ていたハンス。部下から言われても慰《なぐさ》めにならないかもしれないが、落ち込むユッタを元気付けるように言葉をかける。

「ほんとぉ、こんなに良い女を振るなんて脳みそ詰まってんのかしら」

「あ、そっち。また振られたんですか」

落ち込んでいる理由が全然違《ちが》った。

ユッタは恋《こい》多き乙女《おとめ》であるが、彼氏《かれし》ができても起伏の激しい感情と好きになったらかなり重めの性格のせいで、だいたい一週間くらいで振られる。そしていつも枕《まくら》をめちゃくちゃに濡《ぬ》らす。

「男なんてクソ食らえよ！　乾杯《かんぱい》！」

「僕も男です」

ヘラヘラしたり怒ったりと忙《いそが》しいユッタが掲《かか》げるジョッキに、無表情のハンスが自分のジョッキをかち合わせる。酒に強い体質なのか、酔った素振《そぶ》りも全く見せなかった。

飲んでいるうちにふにゃふにゃとして来たユッタに、（あ、今日いけるかも）とハンスが思い始めた頃《ころ》。

「今日もだいぶ飲んでるね、ユッタちゃんは」

二人に声をかけてくる長髪《ちょうはつ》の男。

「あ、お久しぶりです」

「ディルクさ～ん！」

ディルクと呼ばれ、さわやかな笑《え》みを浮《う》かべる男は、抱きつこうとしてくるユッタのおでこをぐいっと押さえる。彫《ほ》りの深い目鼻立ちに、壮年らしい皺《しわ》が刻まれる顔がまた渋い男前。

何をしている人なのか二人は知らないがやけにお金持ちであり、身なりの良い貴族のような恰好《かっこう》をしていて、ユッタやハンスとはこの酒場で知り合った馴染《なじ》み。よく酒代をご馳走になっていた。

「最近研究の方はどうだい？」

「順調ですよ、今日もユッタさんが癇癪《かんしゃく》起こしましたけど」

「だからぁ、あれはあんたのためを思って言ってるんだからぁ」

ぐわんぐわんと頭を揺《ゆ》らすユッタにハンスが肩をすくめる。仕事中はぷりぷりと怒っているし、酒を飲んでもせわしないユッタには呆れるしかない。でも顔だけは美人。

案外仲良くやっていそうな様子を見て、ディルクは笑いながらハンスの肩を揉《も》む。

「順調なら良いね、技術の発展を担《にな》うのは君たちだ。期待しているよ」

「まあ……、頑張ります」

結構大変なんですけどね、と言いたい気持ちは飲《の》み込み、ハンスは麦酒の入ったジョッキに口をつける――


――結局この日も、勇気ある一歩は踏み出せなかった。

▼

シグっさんの小屋――食事の手が完全に止まった二人とは反対に、エルナはスープにパンを浸《ひた》してから美味《おい》しそうに頬張《ほおば》った。咀嚼《そしやく》しながらうんうんと頷いて、口の周りをナプキンで拭《ぬぐ》う。

「美味《んま》いっすね。これどうやって作ってんすか？」

ケーニッツ村が無くなると言った割にあまり興味がない様子。今はそれより目の前のもろこし野菜の煮込みスープに夢中だった。

村が無くなるというのはあまりに突飛《とつぴ》な話であり、軍人であるエルナの言葉でも半信半疑。固まっていたシグっさんは、真剣《しんけん》な表情でゆっくりと口を開く。

「そのスープは鶏《とり》ガラをじっくり煮《に》——」

「ちょっと待って、実験の事故で無くなる名目ってことは、故意に消されるってこと？」

そして、普通に作り方を説明しようとするシグっさんをリタが遮《さえぎ》る。今はスープよりも村のことが大事、元勇者たるものの当然の反応だった。

ハッとした様子でリタの横顔を見たあと、自分もそれ聞きたかった、と何度も頷くシグっさん。

「そういうことっすね。山脈東の〝無人集落〟破壊実験ってことらしいんすけど、地図見りゃここっすわ。あたし、軍部の諜報《ちょうほう》局所属だったんで資料見てきたっす」

「無人って……この村には住んでる人がいるじゃない」

いくら実験を行うからと言っても自国の民が住む村を破壊するのか、こんなことがまかり通るなら多くの国民の反発を招きかねない。リタが疑わしげな表情で首をかしげる。

「ここら近辺は昔放棄《ほうき》された村にならず者が勝手に作った集落なんで、記録上は誰も住んでいないことになってる村が多いんすよ。人に迷惑《めいわく》かけないならって、国もずっと黙認《もくにん》してきたわけっす」

ケーニッツ村を含めた近隣《きんりん》の集落は、世間から爪弾《つまはじ》きにされた逸《はぐ》れ者が集まり作られたもの。事情は個々人によって様々ではあるが、逸れ者になるには相応の理由がある。中には当然、罪を犯《おか》した者や犯罪に加担して居場所を失った者もいる。

そのような成り立ちの集落が一つなくなったところで、品行方正な民衆たちから強い反発があるはずもなかった。

しかし民衆が許しても、この村と関わってしまったリタは違う。

「だからって……いきなり住む場所を奪うなんて許せない。何も知らない子供達もいるのに、一体何の権利があるっていうの」

「リタちゃん……」

そんなものは国家の横暴と憤《いきどお》るリタに、シグっさんも腕を組んで首を縦に振った。気持ち的には、自分の命を勝手に奪いにきたリタがどの口で、と言ってやりたいが、怒らせてしまうかもしれないので我慢《がまん》する。

「や、何の権利って、自国を防衛する権利じゃないっすかね？」

リタの怒《いか》りにきょとんとしていたエルナが、シグっさんを手の平でさしながら言う。こちらもまた、勇者がどの口で言っているのか、といった様子。

「だよね、俺《おれ》だよね。何か薄々勘付《うすうすかんづ》いてた」

腕を組み、至極納得《しごくなっとく》のいった表情を浮かべるシグっさん。国家危機級の脅威《きょうい》と存在しないはずの村、もはや天秤《てんびん》にかけるまでもない。隣のリタも何か言いたげだが、口を噤《つぐ》んでしまう。

「あのデブったらクソ真面目なんで全部報告しちったんすよ。魔王の居場所からリタっちのことまで洗いざらい、本当困ったもんすね」

普通に諜報員《ちょうほういん》としての仕事でありウィレムは何も間違っていないのだが、エルナは肩《かた》をすくめて「融通《ゆうずう》利かないんすから」と付け足す。

原因は自分にあると言われれば、シグっさんも眉根《まゆね》を寄せるしかない。どうしたものかと顎《あご》に手を当てた。

「まあ俺が目的なら、一旦《いったん》逃げてほとぼりが冷めた頃に戻《もど》って来ればいいか」

それで万事《ばんじ》解決。魔王という脅威がいなくなったのであれば、国も無茶《むちゃ》な実験を実行することもないだろう。シグっさんはそう結論付ける。

だが、その案はあっさりと否定された。

「多分それでも実験止めるの無理っすわ。戻ってくる可能性も考えてるし、この村を消せば周辺の集落への見せしめにもできるっす。ついでに新兵器の実験もできるわ、上手《うま》くいけば魔王も倒《たお》せるわで、実行しない手はないっすよ」

魔王を倒せる、正確に言えば、実験の事故に巻き込み魔王を秘密裏《ひみつり》に消せる。魔王討伐《まおうとうばつ》に成功すれば、シュテノヴの魔導技術を世界に知らしめることができるし、発表しなくても他国が知りえない情報として強いカードを持つことになる。確率は低いが、あくまで最高の結果として想定される一つの展開だった。

「魔導兵器で魔王を倒すことまで想定してるなんて、随分《ずいぶん》と自信があるのね」

しかし、リタにしてみればたかが魔導兵器。先の戦争で活躍したとしても世間的な評価は未《ま》だ低く、玩具《おもちゃ》で魔王を倒せるなど到底《とうてい》思えない。これまでも魔導兵器を相手に戦ったことはあるし、どれもがリタの足元にも及ばないものだった。

ましてやそのリタが倒せなかった魔王が相手、そもそもあんな玩具で村一つ消せるかどうかも疑わしい。強き者としての当然の疑問。

「ちっと待ってくださいっすね」

エルナは思い出したような仕草でポケットの中身を探《さぐ》り、取り出したのは小さく四角いスティック。スイッチを押《お》すと立体的な緑色の光が浮かび上がる。

チカチカとしながら空中に現れるびっしりと書かれた光の文字。エルナが使っているのは〝妖精の記憶《ミイムメモリ》〟と呼ばれる記録端末《たんまつ》だった。

「これに資料全部写してきたんすよ」

シグっさんは見たことのない魔導具を興味津々《きょうみしんしん》といった様子で眺《なが》める。緑色に光る文字を指でつついてみるが、やはり触《ふ》れることはできない。

「すごい、なにこれ。なんだか時代って進んでる」

「あ、ちっと指邪魔っす」

「……ごめん」

そして、普通に注意される。エルナはシグっさんの興味に構うことなく、スティックの横についているホイールを回し、光る文字をスクロールさせながら目的の項目《こうもく》を探した。

「あったっす、これ、火球爆弾《フレアボム》。高純度の液体魔素を周囲に散布しながら、連鎖的に爆発《ばくはつ》する仕組みっすね」

スティックのボタンを押すと、光は丸みを帯びた円柱状の筒《つつ》を形作り立体的に回転する。続いて説明文が添《そ》えられるように、光の文字が浮かび上がってきた。

シグっさんは爆弾のことより、ミィムメモリに興奮しっぱなし。

「想定される威力《いりょく》は最低でも創造級《ブリアー》下位、範囲によっては〝原初級《アツィルト》〟にたどり着けるんじゃないかって話っすね。未だ机上《きじょう》の空論っすけど」

「原初級……!?」

リタはエルナが語る言葉に驚きを隠せなかった。

魔術《まじゅつ》の主な階級は四つに分けられている。

まずは基本たる〝現象級《アッシャー》〟、物質的に魔素を操《あやつ》り、幻惑《げんわく》による混乱や意識操作、身体強化、弱体化など様々な事象を引き起こす。単に魔素を操る術であるため用途の幅《はば》が広く、占《うらな》い師《し》の占星術《せんせいじゅつ》や祈祷師《きとうし》のおまじない、戦士の闘気まで現象級と解釈《かいしゃく》する魔術士もいる。

次に異層から精霊《せいれい》の力を借り魔術を行使する〝形成級《イェツィラ》〟。道理を悟《さと》り実践《じっせん》する力であり、魔《ま》法陣《ほうじん》を展開し現世に大きな影響《えいきょう》を与える。俗に魔術士と呼ばれる者は、形成級魔術を操ることで初めて認められるのだ。

そして深き層にいる高位の精霊から力を引き出す〝創造級《ブリアー》〟、根源たる層より神の如き力を顕現《けんげん》する〝原初級《アツィルト》〟。それら四階級が細分化され、属性と複雑に紐《ひも》づけられているのが古来あった魔術の尺度である。二百年前の異邦人《バーレルセル》出現により、新たな概念《がいねん》となる〝深淵級《アビス》〟が見つかってはいるが、未だにその四階級が魔術の威力や難度を表す尺度として使われている。

魔道四階級の高みである原初級に到達《とうたつ》した魔術士は、歴史を見てもほんの数人。それも現在では確たる証拠《しょうこ》がなく伝承を残すだけ。事実上創造級が頂点であり、魔術士社会では創造級魔術を操るだけでも畏敬《いけい》の念を抱かれた。

創造級でも戦局を覆《くつがえ》す力を持つというのに、原初級に達する魔導兵器などにわかに信じがたい話だが、国の機密資料まで見せられてはリタも言葉を失ってしまう。

「魔導技術の歴史を百年早めた、っていわれる天才研究員ユッタが作ったんすよ。結構ヤバイ人らしいっすけど」

「原初級の破壊兵器を作り出せるほどの知能か。相当変わった人なんだろうね」

シグっさんも過去の経験から、そういうタイプがどんな人物像なのかは想像がついた。研究のためなら人の命を命とすら思わない、自身の知的欲求のままに突《つ》き進《すす》む狂気《きょうき》を持った研究員。

「そうなんすよ。噂では好きな人ができると、仕事ほっぽりだして丸一日べったりくっついて離れないほどらしいっすね。それで、重すぎて振られるとめちゃくちゃに泣くらしいっす。かなりしつこいらしいっすよ」

「……そっかあ」

違った、なんか違う意味で変わった人だ、と肩をすくめるシグっさん。

諜報局調べのユッタ情報を披露《ひろう》し、エルナは真剣な面持ちを作る。もう大人しく研究だけしていてくれ、というのが研究所職員の願いだと。

シグっさんはなんとなく通ずるものがあるな、とリタにチラリと視線を送った。

ケーニッツ村の破壊実験、火球爆弾と名付けられた新型魔導兵器。リタは差し迫《せま》る問題に、どうしたものかと親指の爪《つめ》を噛《か》む。実験が不意打ちで行われていたら村を守れるかもわからない、本当に危なかった、と考える。しかし、ここで気になることが一つできた。

「……エルナちゃんは、どうして私たちにそんなこと教えてくれるの？」

シュテノヴ国家の軍部、それも特務諜報員であるエルナが、どうして国の重要機密をあっさりと教えてくれるのか。普通に考えればありえないことだ。

疑問符《ぎもんふ》を浮かべる表情のリタはエルナをまじまじと見つめ、隣のシグっさんもハッとした様子で、自分もそれ聞きたかった、と何度も頷《うなず》く。

エルナは目を瞑《つぶ》り、勿体《もったい》ぶるようなため息を吐《つ》いたあとポツリと言った。

「──あたし、諜報局辞めたんすよ。あんな小《ち》っせえところやってらんねっすわ」

「っ！」

「……それって」

諜報局を辞めた──シグっさんとリタは、エルナがケーニッツ村の破壊を決断した国に嫌気がさし、仕事を辞めてまでこの事実を伝えに来てくれたのだと察する。人として間違《まちが》っていることをしてはいけないのだと。

憤るように眉根を寄せたエルナ。それは優《やさ》しさか、正義感からか。いくら魔王《まおう》の脅威があるからといって、何かを犠──

「経費抜《ぬ》いたのバレてクビになったんすよ。あのデブ全部チクりやがって、許せねえっす」

それから、腹いせに機密情報全てを抜いて逃《に》げて来た、と良い笑顔を作る。

シグっさんは黙《だま》ったまま立ち上がると空になった鍋《なべ》を洗い場に持っていき、かける言葉が見つからないリタはエルナから視線を逸らしたままだった。

二人の呆《あき》れた様子に構うことなく、エルナは胸を張る。まるで自分は何も間違ったことはしていないと言いたげで、自信に満ち溢《あふ》れた表情。

「まあそんなわけで、あたし殺されるかもしれないんでリタっちに守って欲《ほ》しいっす」

「……あ、うん」

リタもエルナが大荷物で突然やってきた理由にやっと気がつく。普通に命を狙《ねら》われていた。

魔王退位という国家機密を知ったことはもとより、諜報局の情報のほとんどを抜き出してきたエルナがただで済むはずもなかった。当然のように諜報局の秘密部隊が動き、エルナは命からがら逃げ出すことに。

そして、今のエルナが知る限り一番安全な場所、つまり勇者リタと異邦の王の下に駆《か》け込《こ》んできたのだった。エルナにとっては村の安全より自分の身の安全が大事、火球爆弾の実験概要《がいよう》は手土産《てみやげ》の一つに過ぎない。

「ほんと、ちょっとした茶目《ちゃめ》っ気《け》でマジになられちゃたまんねえっすわ！」

満面の笑《え》みで膝をパチンと叩《たた》くエルナ。国内外の間諜名簿《スパイめいぼ》、諜報記録、最新魔導兵器技術、国家戦略、軍備、魔王動向調査報告などなど、いまエルナの持つ妖精の記憶《ミイムメモリ》が他国に流出した場合、シュテノヴはかつてない大損害を被《こうむ》ることになる。本人はちょっとした茶目っ気の気持ちだが、一大国に風穴を空ける洒落《しやれ》にならない茶目っ気だった。

「とりあえず、実験があろうが無かろうが、あたし狙って秘密部隊が襲《おそ》いにくるのも間違いないっす。奴《やつ》ら容赦《ようしや》ないっすから村は火の海、シグっさんが一時凌《しの》ぎに姿隠しても意味ねえんすよ」

「いや……っ！」

それなら君もどこかに逃げてよ、と続けようとしたシグっさんは、衝撃の事実に気がつく。

――エルナは村を質にして、自分を守らせようとしている。

不敵な笑みを浮かべ、シグっさんを試すような目つき。先程《さきほど》はわざとシグっさんに罪悪感を与えるように村が危ないと誘導《ゆうどう》し、今度は村を盾《たて》に自業自得《じごうじとく》のエルナを守らせようと。

（エルナちゃんはもしや、俺が実験を阻止《そし》しようとすることや秘密部隊とやらの壊滅《かいめつ》に協力させることも想定済みなのか——！？あくまで俺に助けてほしいと一言も言わずに……なんてやつだ。リタちゃんだけでなく俺も動かし、生き残る確率の高い方法を選んだってことか）

シグっさんは鍋を洗う手を止め、息を呑《の》む。

（くっく、ようやく気付きましたか。魔王にあたしを助ける義理なんてないし、頼《たの》み込んで迂闊《うかつ》に借りは作れない。むしろ爆破《ばくは》実験の情報を与えてあげたのですから、これは一つ貸しですよ）

思い返せば、最初の押し問答から計算していたのかと今さらながらに理解した。シグっさんの経験上、経費や機密を平気で抜くような人物が「泊《と》まってけ」と言われて遠慮《えんりょ》なんかするはずもない。そもそも村の人でもなく、リタとシグっさんが勇者と元魔王だと知っていながら「新婚なのに申し訳ないっす」と気を遣った風な発言自体がおかしかったのだ。

（おそらく、おおよその事情はリタちゃんから聞いているはず……まさか情報を抜いたとき、最初から全て計算ずくで）

その上で、あくまでリタに会いにきた友達的発言は、同年代の女友達がいないリタには効果抜群《ばつぐん》の言葉。完全にリタを掌握《しょうあく》した段階で徐々に実験のことを語り、シグっさんが一人で姿を隠さないようにも誘導した。

（情報とは高く売れるもので、あたしもなり振《ふ》り構《かま》ってはいられないのです）

伝説で語られる異邦《いほう》の王とスラウゼンの剣《けん》、最強の盾と矛《ほこ》。その両方を仲間にしたエルナは悪い顔を隠しながらほくそ笑む。これで自分を止められる者は誰《だれ》もいないと。

そして秘密部隊を潰《つぶ》して他国へ亡命、大金を掴《つか》み一生を安泰《あんたい》に暮らすことができる。エルナの計画は筋書き通りに進んでいた。

ところが――

「でもね、エルナちゃん。私が守ってあげるのは良いけど、抜いてきちゃった情報が入ってる妖精の記憶《ミイムメモリ》はちゃんと返そうよ。困る人たくさんいるでしょ？」

「え、あ……」

リタの至極《しごく》真っ当な意見に阻《はば》まれる。

「や、でもこれ素直《すなお》に渡《わた》してもあたし殺されちゃうっす」

「大丈夫《だいじょうぶ》だよ、絶対私が守るから！」

「えっと――」

「任せて！　どんなことがあってもエルナちゃんを死なせたりしない、友達だもん！」

世界を守護する者。勇者としての魂《たましい》に火がついたのか、頼もしい雰囲気《ふんいき》を纏《まと》い勢いよく立ち上がるリタ。その表情は自信に満ち溢れていた、自分なら必ずエルナを守ることができると。これまでに似たような依頼《いらい》をたくさん受けてきた自負もある。

だが、エルナも人生を賭《か》けて掴んだ大金《ビッグマネー》をそう易々《やすやす》と手放すわけにはいかない。

「これほんとあたしの生命――」

「私が……、信じられない？」

「信じるっす、めっちゃ信じるっす！」

急に声のトーンを落としてじっと一点を見つめるリタに、エルナは冷《ひ》や汗《あせ》を滲《にじ》ませた良い笑顔で何度も頷いた。

「リタっちに守ってもらえるなんて嬉しいっす！」

リタ・ヴァイカートは旅の仲間を除くと明確に友達と呼べる人はおらず、ましてや唯一《ゆいいつ》親友となったパオルですら性別や年齢《ねんれい》の枠《わく》をかなり超《こ》えている。それが普通《ふつう》のことではないと知りつつも、武器として生きる自分には合っていることなのかと思っていた。

エルナはリタが普通の女の子になりたいと願ってから、初めて出来た〝普通の女の子〟の友達。その友達が困っているのなら力を貸さなければならない、間違ったことをしているのなら正さなくてはならない。

互《たが》いに助け合い、笑い合い、苦楽を共に切磋《せっさ》琢磨《たくま》する。理想を一緒《いっしょ》に求め、信じ合うのがリタにとっての友達像だった。

「リタっちと友達になれて幸せっす！」

エルナの敗因は、リタのこじらせ具合を想定できなかったことにある。

「うん、私もだよ！　じゃあこの妖精の記憶《ミイムメモリ》は私が上手く返してあげるから、預かっておくね」

「……」

パシッと記録端末を手に取り満足そうな笑みを浮かべるリタに、強張《こわば》った笑顔のエルナは何も言えなかった。

そして、二人のやり取りを背中で聞いていたシグっさんは振り返ることもできず、とっくに綺麗《きれい》になった鍋を未だ洗い続けていた――。


その後、アルノルト爺《じい》さんのところに鍋を返しに行くと言って自然に小屋を脱出《だっしゅつ》したシグっさん。別に鍋を返すのは明日の朝でも良かったのだが、なんだか張り切るリタに、笑顔がみるみる硬くなっていくエルナを見ていられなくなった。

それに、村が実験場に選ばれた事実も伝えなければならない。これに関していえば、主な原因はシグっさんにあることから非常に気まずい思いだった。そこを話さずして、村が消されるなどと突飛な話を信じてくれるものか――

「――なるほどなあ、新しい兵器の実験か。教えてくれた娘《むすめ》っ子には感謝するぜ」

意外にも、シグっさんが火球爆弾実験の件を伝えるとアルノルト爺さんはすぐに信じ、ニヤリと笑うだけだった。原因となったシグっさんが魔王であることも告げていない。

「なに、シグっさんは心配しなさんな。来るってわかってんなら女子供や家畜《かちく》も逃がせる。こういう時に集落同士で助け合えるようなルートもあっからな」

「でも、万が一村のみんなの住むところが……」

「たっは――――！　だから心配すんなって、俺たちはずっとこの村守ってきてんだからよお。軍の軟弱《なんじゃく》な若造どもなんか返り討《う》ちにしてやるって話だ」

袖《そで》を捲《まく》ってあんまり無い力こぶを主張するアルノルト爺さん。

「……戦うってことか？」

ケーニッツ村を含めた近隣の集落は、世間から爪弾きにされた逸れ者が集まり作られたもの。事情は個々人によって様々ではあるが、その中には元正規の軍人や腕《うで》っ節《ぷし》の強い傭《よう》兵《へい》、故郷を失った凄腕《すごうで》の戦士や盗賊《とうぞく》団の親分だった荒《あら》くれ者だっている。そして――

当たり前のことながら、国が最初から黙っているはずはない。これまでも衝突《しょうとつ》は幾度《いくど》となく起こっており、結果として国の介入《かいにゅう》を阻み黙認させているに過ぎなかった。

だからこそ、長年住んでいるアルノルト爺さんにとっては定期的に訪《おとず》れるいつものこと。

「あたりめえよ」

――ケーニッツ村の住民は、逞《たくま》しい。

第四章

村人たちは誇りを守る

生い茂《しげ》る緑の草木を掻《か》き分けながら、予想以上に険しい山道を進む。いや、すでに山道と呼べるものは無く、獣《けもの》しか通っていない道なのではないかと思うほど。

居並ぶ兵士に挟《はさ》まれたところ。白衣を着た研究員ユッタとハンスは観測機器の入った重い背嚢《はいのう》を背負い、汗水《あせみず》垂らして山の中を行軍していた。

「だから……、言ったじゃない……」

ユッタはハンスに悪態を吐こうとするも、息を切らせて言葉も続かない。すでに足は棒のようになっていて、ストックを持つ手にも力が入らなかった。

平野にしろって、と続くことは言われなくてもわかっているハンスだったが返事はせず。ただ今日は珍《めずら》しくユッタの意見に心底同意したい気持ち。山を登ることが辛《つら》過ぎて、もう喋《しゃべ》る元気すらない。

体力の無い研究員の二人は、疲《つか》れた素振《そぶ》りを見せないままずんずんと歩いていく他の兵士たちにペースを乱され、休む間もなく山を登り続けていた。

風に揺れる森の木々、雄大《ゆうだい》な自然の景色、爽《さわ》やかな緑の香り。普段なら気持ちの良いものかもしれないが、今のユッタとハンスには憎《にく》たらしく感じるほど。背負った観測機器の全身にかかる重みで悶《もだ》え苦しんでいた。

それから精も根も尽《つ》き果てた頃、二人が兵士の荷物と化し引き摺《ず》られながら歩いていると、やっと拓《ひら》けた丘《おか》の上に出る。遠くに見えるのは、目標である小さな古い集落。

「……着いた」

背嚢を降ろす気力もなく野原に倒れこむユッタ。観測機器の重みに潰されながら、疲れた体を大地に埋《うず》めた。

続いて両腕《りょううで》を二人の兵士に抱《かか》えられながら連れてこられたハンスも、ユッタの隣《となり》にドサっと放り出される。もうこのまましばらく休憩《きゅうけい》、といきたい二人だったが、どうやらそんなに甘《あま》くもない。すでに向こうでは、先に到着《とうちゃく》していた兵士達の手によって砲台《ほうだい》の組み立てが始められていた。

砲身《ほうしん》として四本の長い金属が斜《なな》めに伸《の》び、大きな台座には二つの車輪が添えられた投射機。組み立て式の簡易型〝魔導加速砲《カタパルト》〟――魔術である加速投射《アクセラレータ》を使わずして高速の砲弾《ほうだん》を射出し、驚異《きょうい》の命中精度と圧倒的《あっとうてき》な破壊力《はかいりょく》を生み出す砲台であり、先の戦争でシュテノヴを勝利に導いたと言っても過言ではない兵器だった。発射時に雷《かみなり》属性と炎《ほのお》属性の魔石を大量に必要とするためコストの面でかなりの問題があるが、短期決戦などの場面では多大な戦果を挙げた。

今回の用途では火球爆弾《フレアボム》を一度上空に打ち上げてから降下させることになるため、射角調整がかなり難しく、シュテノヴ兵士達の腕の見せ所。

「ねえハンス、ちょっと休ませろって言ってきなさい」

「……無理です、皆《みな》さん怖《こわ》いんですもの」

黙々《もくもく》と砲台を組み立て、火球爆弾《フレアボム》をセットする兵士達。二人は辟易《へきえき》としながら寝返《ねがえ》りを打ち、大きな魔素観測機器を降ろす。

丘の端《はし》と端、なるべく離《はな》した二箇所《かしょ》に設置するよう兵士達に指示を出し、膝《ひざ》を抱えて座《すわ》りながらちょっと休憩。穏《おだ》やかな風で火照《ほて》った身体《からだ》を涼《すず》ませる。

「干渉石《かんしょう》は？」

「別働隊が目標付近に設置してくれるそうです。合図があるみたいですよ」

「あらそう」

破壊力の観測には干渉石が用いられる。爆破の威力により強い干渉波を出し、二箇所以上で魔素の振動《しんどう》を計測。おおよその距離《きょり》と振動数を算出した上で、威力を検証するもの。あとは実際に爆破地点を見て回り、建物への被害《ひがい》や影響範囲《えいきょうはんい》を記録。そしてちょっと大袈《おおげ》裟《さ》に報告書を書くだけ。

「やっとここまで来たわね」

「そうですね」

「……本当に、大変だった」

ユッタとハンスにしてみれば、ついに我《わ》が子のような研究成果が実地試験までたどり着き、感慨深《かんがいぶか》い想《おも》いを抱《いだ》くのも当然のこと。

液体魔素を開発してから二年半、ハンスが合流してから二年間を、たった二人きりのユッタ班として頑張《がんば》って来た。ここまでの道のりを思い返せば、山登りなどなんて事ないほどの苦労の連続。

人手が足りず大変だった資材調達、早く結果を出せと上からの圧力、いつ打ち切られるかも知れない研究資金の恐怖《きょうふ》、やっと入って来たと思ったらユッタに怒《おこ》られ三日でいなくなる研究員たち、彼氏ができたとかで研究所を無断欠勤するユッタ、それで所長に怒られめちゃくちゃに泣き仕事しないユッタ、彼氏に振られて落ち込み仕事しないユッタ。

（あ、だいたいユッタさんのせいだ）

限られた時間と人材の中でかなり頑張って来たハンスは、その結論に至った。

「まあ、実地試験は初めてだろうけど、ここまで来たら楽なもんよ。ハンスも良く――」

ユッタが珍しく、頑張ってきたハンスを労《ねぎら》う言葉を掛《か》けようとした時――山の向こうから赤い煙弾《えんだん》が上がる。

そして、叫《さけ》ぶ隊長らしき兵士の声。

「――火球爆弾《フレアボム》、発射用意！」

その言葉にびくりと振り向く二人。気持ちはまだ全然休憩してないんだけど、との思いで合致《がっち》した。

「っ！　早いっての、馬鹿！　ちょっと止めて来なさい！」

「無理です、怖いです」

それから慌《あわ》てて立ち上がり、各々《おのおの》の観測機器の下に駆けて行った。

▼

丘のひらけた場所に、数十人の兵士と四本の長い金属が伸びる砲台を発見。少し離れた木々の中に潜《ひそ》む沢山《たくさん》の目は、襲撃《しゅうげき》をかける好機を窺《うかが》っていた。

最前線で様子を見張るアルノルト爺さんは、手信号《ハンドサイン》を送り数人の仲間を回り込ませるように指示。奇襲《きしゅう》による挟撃《きょうげき》を選択《せんたく》する。

「あっちは四十人前後ってところか。こっちは十八……まあ、なんとかなんだろ」

女子供やもう戦えない老人は既《すで》に他の集落へと移動しており、この場にいるのは老境の域に近いおっさん連中ばかり。相手はまだ若い現役《げんえき》の兵士達だが、アルノルト爺さんはちっとも負けるつもりなど無い。

「そろそろ頃合《ころあ》いだな、準備はいいか？」

村の仲間が回り込んだのを確認《かくにん》し、背後に控《ひか》えるおっさん連中へと声をかける。鍬《くわ》や斧《おの》、鉄製の農具を構える仲間達は一様にニヤニヤと頷き、腕が鳴ると言わんばかりの表情を浮かべていた。

それから、ブツブツと繰《く》り言《ごと》を呟《つぶや》くアルノルト爺さん。手のひらの上には小さな幾何学《きかがく》模様が浮かび上がり、真っ赤な魔法陣を形成する。

「〝付加・焔〟《フレイムエンチャント》」

鍬を撫《な》でるように手を滑《すべ》らすと――先端《せんたん》が紅蓮《ぐれん》の炎により燃え上がった。照らされて赤く染まる皺の刻まれた頬《ほお》。

アルノルト爺さんはまだまだ錆《さ》び付いてない自分の魔術を見て、口角を上げながら頷き鍬を一振《ひとふ》り。意を決し仲間達に向かって叫んだ。

「よっしゃ、行くぜ——！」


——その昔、現在のシュテノヴの前身であるシュテノヴ王国は、魔術の国として名を馳《は》せた強国だった。シュテノヴ王国と戦争するならば、魔術を禁止してからにしろ、と隣国《りんごく》に言わしめるほど。

他にも有能な魔術士を輩出《はいしゅつ》する国は多くあったが、シュテノヴ王国が違《ちが》ったのは国を護《まも》っていた当時の騎士達《きしたち》にある。

本来魔術士が剣の使い手に与《あた》える付加《エンチヤント》の魔術を、シュテノヴ王国騎士団《きしだん》に属する殆《ほとん》どの騎士が会得《えとく》していたのだ。

魔道《まどう》騎士団と呼ばれた彼《かれ》らは白兵戦における絶対的な優位性を誇り、当時の部隊の中では強豪《きょうごう》に挙げられる一つ。シュテノヴ王国をその剣だけで守り抜いていた。

そして、当時のシュテノヴ王国第三魔道騎士団、最後の団長がアルノルト・レンナー。

現在のアルノルト爺さんである。

——怒声《どせい》を上げて襲いかかってくる村人達に気がつき、シュテノヴ軍の兵士達は慌てふためきながら陣形《じんけい》を整えようとするも、号令が全く行き届かず乱れたまま。

先陣《せんじん》を切る勇ましいアルノルト爺さんは、手前にいた若い兵士に向けて容赦なく得物を振り下ろす――！　鳴るのは鈍《にぶ》い打撃音《だげきおん》。

アルノルト爺さんの付加鍬《エンチャントウエポン》は、先端の木製部分がすでに燃《も》え尽き、柄《え》だけの木の棒と化していた。

▼

薄暗《うすぐら》い森の中。近隣集落の若い男を先頭に、木々の合間を縫《ぬ》うように歩く村人達。ケーニッツの村が新型兵器の実験場となり避難《ひなん》しているのに、どこか雰囲気は明るい。村が無くなるかもしれないと聞いても、アルノルト爺さん達がいればなんとかなるさ、と平気で落ち着き払《はら》っている。避難も万が一に備えてのことであり、仮に住むところがなくなってもまた一からやり直せばいい、と笑っていた。

並んで歩くのは村のご老人と婦人達、幾人《いくにん》ばかりの男連中。その中に交じり、シグっさんがマルティナとニクラスの手を引いて、後には歩くこともままならない老人を背負うエルナと訝《いぶか》しい表情のリタが続く。

「向こう、行かなくて良かったの？」

後ろを歩いていたリタが、シグっさんに声をかける。ぶつけたのは当然の疑問。新型兵器や軍の兵士が相手だろうと、伝説の異邦の王が村を守れば簡単なことではないのか。

それは元勇者たるリタにも同じことが言えるが、村では普通の女の子扱《あつか》い。腕に多少の自信があると伝えても、「戦いなんて男共にやらせときゃ良いのよ」と強引《ごういん》なご婦人たちに諭《さと》され、なし崩《くず》し的に避難の列へと加わっている。

リタにも思うところはあったが、エルナを追う秘密部隊の動きがわからないこともあり、こちらにも警戒《けいかい》は必要と判断。いつでも戦闘《せんとう》に参加できるよう、羽織った外套《がいとう》の下にはブリュンヒルデを隠《かく》し備えていた。

「アルノルト爺さんにさ、軟弱者が来るもんじゃねえって言われちゃって」

軽く振り返り、苦い笑いを浮《う》かべながらリタの疑問に答える。

シグっさんも実験阻止に回ることを申し出たが、アルノルト爺さんからはなぜか強く反対されてしまった。「腕っ節のねえ奴はいても足手纏《あしでまと》いだから、ババア共のお守りでもしながら待ってろ。大丈夫だ、俺に任せとけ」と。

元魔王である自分が原因のことなのに、正体すら明かせない、人に受け入れてもらう事は難しい、と躊躇《ちゅうちょ》してしまう。せっかく仲良くなった人たちに、自分が世界一の嫌《きら》われ者《もの》だと知られてしまうことが怖かったのだ。

そうして気まずい思いを抱きながらも、数人の男連中と一緒に避難の守りを任される。

しかし、安堵《あんど》してしまう気持ちがあることもまた事実だった。シグっさんはすでに〝戦う〟ことを降りた身であり、そういう〝約束〟で隠居《いんきょ》している。ましてや国家の軍と事を構えるなど以《もっ》ての外《ほか》。リタたちからやむを得ず襲われることがあっても、自ら戦いの道を選ぶ事は出来なかった。

「シグっさんはこっちでいいの！」

シグっさんの気持ちを肯定《こうてい》するように、マルティナがリタに向かって唇《くちびる》を突き出す。幼いながらもリタへの嫉妬《しっと》をむき出しにして威嚇《いかく》していた。

反対側のニクラスはよくわからないと言った様子で、マルティナとリタを交互《こうご》に見つめる。

「え？　……そ、そうなんだ」

幼い子供との接し方を知らないリタはマルティナの態度に焦《あせ》りながら答え、（なんだか嫌われてる）と困った笑《え》みを浮かべるしかない。シグっさんの様子も気にはなるが、実験のことは村の人たちも大丈夫だと言う。頼まれてもいない事をするよりは、ここは新参者として素直に従っておくしかなかった。

「……ちっと誰か替わって欲しいっす」

マルティナとニクラスのお爺ちゃんを背負うエルナが、ポツリと呟く。

どうせなら独り身の若い女の子におぶられたい、という歩けないお爺ちゃんたっての願いを指名されたエルナが叶《かな》えていた。元軍人としてそれなりに体力はあるため、やけに小さい老人くらいなら背負って歩くことはできるのだが、嫌々《いやいや》である。

「ちっと、誰か」

背中のお爺ちゃんが幸せそうなので、誰もエルナに目を合わせることはなかった。


ふと、リタが村人たちの列を見て気がつく。

「あれ、イルゼさんは？」

イルゼ婆《ばあ》さんの姿がない。ケーニッツを出発するときは一緒だったので先に隣の集落へ行ったはずもなく、残っていた村人たちが通るのもこの道だけ。

シグっさんも前方を見渡《みわた》すが、ご婦人連中に交じっている様子はない。

「そういえば……、イルゼ婆さんはどこに行ったんだ？」

忽然《こつぜん》と、姿を消していたのだ。

▼

村人たちの奇襲、シュテノヴ軍の兵士達は戸惑《とまど》いながら応戦する。声を上げて飛び掛かってくる武装した村人達に気を取られているうちに、背面からの襲撃に気がつくのが遅《おく》れ陣形を立て直すこともできない。今携帯《けいたい》しているのも山岳《さんがく》演習用の装備だけ、殺傷能力が低い最低限の武器で戦うしかなかった。

村人達の制圧など各個撃破《げきは》で問題はなかったはずなのだが、どうにもこの村人たちは戦い慣れている。武器の技術発展により遠距離《えんきょり》戦を主として来た若い兵士達にとって、白兵戦の奇襲攻撃《きしゅうこうげき》はいささか弱いところでもあった。

農具を振るい、混乱した若い兵士達を次々に倒していく勇敢《ゆうかん》な村人の中、

「痛って――――！　待っ、ちょっと待ちやぶぼれ！」

アルノルト爺さんは先ほど殴《なぐ》りかかった若い兵士に馬乗りされ、ボコボコに殴られていた。

いくら腕を鳴らしたといっても、とうの昔に全盛期《ぜんせいき》を終えた身であり、さすがに木の棒一本で気絶させることはできず。よく見たら体格もがっしりしているし、きっと将来有望

な奴だったんだと自分に言い聞かせながら、なんとか脱出する隙《すき》を探《さぐ》っていた。

「――雷伝導棒《スタンバトン》構え！」

徐々《じょじょ》に態勢を立て直してきた兵士達が村人達に向かい、雷の属性を帯びた特殊《とくしゅ》警棒を伸ばす。制圧を主とした憲兵が得意とする武器であり、戦場では滅多《めった》に出番もないが、今演習において兵士達が持たされていたもの。

雷伝導棒が優《すぐ》れている点は振るって当てるだけ――

「――！」

村人を感電させ一気に身体の自由を奪《うば》う。乱戦で銃《じゅう》を扱えない状況《じょうきょう》、近接の格闘《かくとう》戦において有効な武器だった。

戦闘経験は優《まさ》っていても、武器、若さ、兵力が劣《おと》る老体の村人達。奇襲でもなければ有効打を与えることは出来ず、冷静さを取り戻《もど》してきた兵士達により押《お》し返されていく。

（あれ、ちょっと不味《まず》いんじゃね）

アルノルト爺さんの脳裏《のうり》に不安がよぎり、馬乗りの若い兵士が止《とど》めの拳《こぶし》を振り上げた時
――立派な剣の鞘《さや》が兵士の顔面を殴打《おうだ》し吹《ふ》き飛ばした。

「何やってんだい、あんたは」

両手を小さくあげて縮こまっていたアルノルト爺さんの視界に入ったのは、頼《たよ》れる妻のイルゼ婆さんだ。情けないアルノルト爺さんの姿に、眉間《みけん》の皺《しわ》を寄せながら呆れた様子。

「ほら、これ忘れもんだよ」

「っ！」

イルゼ婆さんはため息を吐きながら、寝転《ねころ》がるアルノルト爺さんの腹の上に立派な装飾《そうしょく》の施《ほどこ》された剣を落とす。

お腹《なか》を打つ衝撃《しょうげき》に耐《た》えながらアルノルト爺さんが悪態をついた。

「来るんじゃねえって言ったのに……この剣高《たけ》えからな、おっかいたら堪《たま》ったもんじゃねえんだよ」

「んなこと言ってる場合じゃないだろ」

それに構うことなく、イルゼ婆さんは腕を上げて伸びをしながら笑う。

「まあ、情けない亭主《ていしゅ》にばかり任せてられないし、あたしも少しは手伝ってやるよ」

心外な事を言われ、アルノルト爺さんが不機嫌《ふきげん》そうに鼻を鳴らした直後――宙を漂《ただよ》う黒い魔素の塊《かたまり》が現れる。

イルゼ婆さんの周囲を漂う深淵の魔素は、馴染《なじ》んでいくように吸《す》い込まれ、徐々に老体を変質させていく。尖《とが》っていく口元に吊《つ》り上がっていく目、手には鋭《するど》い爪が伸び、全身を逆立つ黒い毛が覆《おお》い尽くした。

その風貌《ふうぼう》は、まるで化《ば》け猫《ねこ》のような姿。

「あんま無理すんじゃねえぞ、ババアなんだから」

「言ってろジジイ」

久しぶりに包まれる高揚《こうよう》感、気持ちの昂《たか》ぶったイルゼ婆さんは目の前の若造達に向かって叫ぶ。

「――さあ、その昔王都を騒《さわ》がせた大盗賊〝陽気な猫《ワイルドキャット》〟様の参上だよ！　死にたいガキからかかってきな！」

本性《ほんしょう》を現すとやけに性格が変わり、その猫被《ねこかぶ》りに昔は騙《だま》されたアルノルト爺さん。相変わらずダサい名乗りだな、と思いながら起き上がり、自慢《じまん》の剣を引き抜いた――。


――もう昔の話、陽気な猫はかつてのシュテノヴ王国を騒がせた怪盗《かいとう》だった。しなやかな身体能力を武器に様々な手口で警備の目を掻い潜《くぐ》り、狙った金品を必ず盗《ぬす》み取る。王国の安寧《あんねい》を守る騎士団も手を焼き、王都の大問題となったのだ。

しかし、第二級異邦人《バーレルセル》でありながら、当時はまだ差別的な風潮が大きかった時代にもかかわらず、民衆からの人気は高かった。

陽気な猫が狙うのは、王政末期の腐《くさ》りきった貴族連中ばかり。盗み取った金品も、路地裏で貧困《ひんこん》に苦しむ子供達へと種族関係なく分け与える。陽気な猫の行為《こうい》は義賊《ぎぞく》として持て囃《はや》され、犯罪に手を染める異邦人でありながら世間の風潮に奇妙《きみよう》な一石を投じたのだった。

王都の抜け道《みち》に詳《くわ》しいことから都に住む者だと噂《うわさ》されてはいたが、正体を知るものはおらず。昼は食事処《どころ》の看板娘《かんばんむすめ》のイルゼとして生活費を稼《かせ》ぎ、夜は陽気な猫として貴族がしこたま貯《た》め込んだ金品を狙う。本人は猫のように自由気まま、ムカつく奴らに自分のやりたいことをやるだけだった。

悩《なや》みの種は、昼間も「結婚《けっこん》してくれ」と言いよって来る男が、夜も警備としてしつこく追って来ること。そいつはガサツな男だったが、平民出身の騎士団長としてなかなかの人気もあった。

まあまあ稼いでいるし、金ピカの装飾品《そうしょくひん》の贈《おく》り物もくれる。それを当然のように売っぱらっていながら、イルゼも悪い気はしていない。だが、自分は隠れた異邦人。相手の立場を思えば、一緒になることなどできはしなかった。

昼は看板娘、夜は怪盗。表と裏の二重生活を続けていれば、下手を打つこともある。とうとう本気を出した貴族達が警備の手を増員、いつも通りと油断していた陽気な猫は脚《あし》と肩《かた》に矢を受けてしまった。

なんとか路地裏に逃げ込むも動くことができず、深淵《しんえん》の力も身体から抜けていく。流れ出る血を押さえながら、万事休《ばんじきゅう》すと諦《あきら》めるしかなかった。

そして、いつもしつこく追ってきた男に見つかってしまう。

陽気な猫の正体に驚《おどろ》く男の顔。イルゼは涙《なみだ》が溢れそうな目頭《めがしら》に耐えて、困った笑顔を返した。バレたくなかった気持ちを今更《いまさら》ながらに悟《さと》り、たった一言だけ——ごめん、と謝罪する。

裏切ってしまった罪悪感、正体を知られてしまった後悔《こうかい》で泣きそうになりながらも、この人に捕《つか》まるのなら良いかな、と思えたことが唯一の救い。

もう動くこともままならないイルゼに歩み寄る男。捕まった、とイルゼがもう諦めたとき、男は意外な言葉をかけた。

——大丈夫だ、俺《おれ》に任せとけ。

そう言って笑い、イルゼの細い身体を抱きしめた。男は立場も名誉《めいよ》も全て捨て、イルゼと共に歩むことを選んだのだ。

イルゼの心底驚いた表情に伝う涙。それが男の行き当たりばったりの考え無しか、ずぼらな性格からかはわからない。ただ、自分の正体を知った上で、受け入れてくれたことが堪《たま》らなく嬉《うれ》しかった。

気がつけば、頼りがいのある男の手に身を委ねていた——

こうして、世間を騒がせた陽気な猫《ワイルドキャット》の事件は、騎士団長が裏切り逃亡《とうぼう》したことによって幕を閉じる。

怒《いか》り狂《くる》う貴族たちの陰《かげ》で、人気者の騎士団長と義賊の異邦人《バーレルセル》の恋《こい》は民衆の間で密《ひそ》かに広まっていった。もちろん、なんだか随分《ずいぶん》と脚色《きゃくしょく》されて。

語《かた》り継《つ》がれる恋物語《こいものがたり》は、後に起こる革命の火種として燻《くすぶ》っていったのだ——。


突然《とつぜん》現れた異邦人に動揺《どうよう》を隠せない兵士たち。それも、都に伝わる陽気な猫《ワイルドキャット》の名を騙《かた》る。

呆気《あっけ》にとられている間、飛び跳《は》ねるような動きで迫《せま》る化け猫。老いても異邦人の力は強く、身体を撫でるように殴打されれば簡単に吹き飛び、雷伝導棒《スタンバトン》を振っても空を切るだけ。

襲い来る異邦人の猛撃《もうげき》に、一人、また一人と倒《たお》れていく。

さらに、化け猫の背後から巻き上がる熱風——。

先程までボコボコにされ、鼻血を垂らした初老の男が持つ紅蓮《ぐれん》の剣。一度剣を振るえば、辺りに炎の風が吹き荒《あ》れる。

耐魔《たいま》金属を鋭い剣に加工できる職人の減少から、現在ではあまりお目にかかることもない魔術《まじゅつ》を帯びた剣撃。若い兵士たちはかつての王国で活躍《かつやく》したと言われる魔道《まどう》の騎士と同じ物だと気がつくも、対処する術《すべ》を知らなかった。魔術に対して魔導盾の極光を展開して防ごうとも実物の剣撃が襲《おそ》い、自慢のシュテノヴ軍隊式格闘術も荒れ狂う炎の前では近付くこともできず。

シュテノヴ軍は強い軍隊と言われる。しかし、それは飛距離《ひきょり》の戦争に特化した魔導技術の向上によるもの。武器の威力《いりょく》による優位性を失い、異邦人や近接戦闘の猛者《もさ》たる魔道の騎士に肉薄《にくはく》されれば、兵士たちは瓦解《がかい》するしかなかった――。

「――んじゃ、これで終《しま》いだな」

乱戦の隙をついて砲台までたどり着いたアルノルト爺さん。まだ戦いは続いているが、あとは砲台を壊《こわ》して逃《に》げればいい。四本に伸びる金属の棒に向け、長年手入れをしてきた自慢の愛剣を振るう――。

キン、と甲高《かんだか》い音と共に、見事に折れる自慢の剣。アルノルト爺さんは壮絶《そうぜつ》に悲しい顔を浮かべ、格好つけて剣を振るってしまった自分に酷《ひど》く後悔した。

技術は進歩し、耐魔金属はより太く耐久性《たいきゅうせい》が求められる時代へと来ている。

「本当、さっきから何やってんだい……」

続いてやってきた化け猫のイルゼ婆さんが砲身をグイッと引けばいとも簡単にひしゃげ、アルノルト爺さんの悲しみは増すばかりだった。

惚《ほ》れた男の情けない姿に苦笑《くしょう》しながらも、後は逃げるだけと気持ちを切り替《か》え、村の仲間たちに向かってイルゼ婆さんは叫ぶ。

「砲台は壊した！　あんたたちも逃げ――」

その刹那《せつな》、高鳴る心音と背筋を走る強烈《きょうれつ》な悪寒《おかん》。異邦人《バーレルセル》の本能が、迫りくる危険を知らせている。

気がつけば、乱戦の向こうに見えるポツリポツリとした影《かげ》。それは音もなく、ゆっくりと近づいてくる黒装束《くろしょうぞく》を羽織る者たち。口元はマスクで覆われ、深めに被《かぶ》ったフード、目つきは冷徹《れいてつ》で鋭い。

あれは強い、と悟らせる静かな殺気に、イルゼ婆さんは冷や汗をかいた――

▼

「人の異邦人化《バーレルセル》？」

「そうっす。大っぴらには言えねんすけど、シュテノヴの生体研究の最終はそれ目指してるらしいんすよ。元々は人と異邦人の垣根《かきね》を取り払えれば、って言う建前で始まったらしいっすけど、当然力を求めちゃうんすよね」

深い森の中。老人を背負いながら得意げに話すエルナに、ニクラスの手を引き歩くリタ。マルティナはリタと手を繋《つな》ぎたくないらしく、随分と前の方に行ってしまった。

「詳しくはあたしにもわかんねっすけど、要は深淵の魔素を人の身体に取り込《こ》むってことらしいっすよ。異邦人が変貌《へんぼう》する時みたいな感じで。その技術が秘密部隊に使われてるって話っす」

「へえ、そんなこと本当にできるの？」

エルナが語るのは、シュテノヴが秘密裏《ひみつり》に行っている生体実験の話。種族としての圧倒的な差がいらない疑心暗鬼《ぎしんあんき》を生む。異邦人が近づけないならば、人の側から近づいてみようとする研究だった。

深淵の魔素を薄《うす》めて溶《と》かした特殊な薬剤《やくざい》を注入、さらに外気の魔素と反応させて深淵の力を得るもの。数年前、これまで変質することはないとされていた混ざり者《ハーフ》の実験が成功し、格段に進んだ新しい研究でもあった。

この手の話はエルナも竜活粉《ドラゴンパウダー》の研究で勉強したため詳しいが、人に眠《ねむ》る本来の力を目覚めさせる、というよりは、外から新しい力を取り込み異質な物へと変えていく実験だった。

「本質は人も異邦人も同じだからできるってことらしいっす」

概要《がいよう》だけ聞けば随分と物騒《ぶっそう》な研究に聞こえるが、これは人と異邦人は同じ存在だと唱える研究者がいたからこそ始まったものでもある。もちろん、理想に情熱を注ぐ研究員らには、そう信じる明確な根拠《こんきょ》があった。

人と異邦人は子を生《な》せる、それは元が同じ存在でなければあり得ないと。

「同じ、なんだ……」

一体異邦人がどこから来た存在なのか、彼らは本来何者だったのか。今では存在するのが当たり前、リタはお腹をさすりながら、これまで抱かなかった疑問を考える。

「――みんな、一緒になれたらいいね」

黙《だま》って聞いていたニクラスは話の内容をあまり理解できていなかったが、一緒になれるのだったらそれがいいと頷《うなず》いた。

幼い少年の純粋《じゅんすい》な言葉に、これまで魔王《まおう》を敵と見ていたリタは少し複雑な気持ち。強大な力を持つ異邦《いほう》の王が、その〝みんな〟に入れることがあるのだろうか。また、普通《ふつう》に生きてこられなかった自分も同じこと。

「うん、そうだね」

だけど、自然な笑顔で答えられた。戦いに捧《ささ》げた傷だらけの手でも、今ではこうして男の子の手を優《やさ》しく握《にぎ》ることができるから――

――もうすぐ隣集落に着くといった頃《ころ》になっても、先ほどイルゼ婆さんを捜しに行ったシグっさんが戻らない。

村の婦人たちは「イルゼ婆さんなら心配いらない。たぶん様子見に行っているだけだ」と笑っていたが、シグっさんはアルノルト爺さんに任されているからと走っていったのだ。

それからリタとエルナも随分警戒《ずいぶんけいかい》して歩いていたが、不穏《ふおん》な気配は一切《いっさい》なく、村人たちの避難は無事に完了《かんりょう》しそう。

「来なかったね、秘密部隊っていうの」

「まあ……、そうっすね」

「諦めたのかな?」

リタが疑問の言葉を口にすると、エルナは歯切れの悪い様子で答える。この状況に何か思うところがあるといった感じで、言うべきかどうかを悩んでいた。しかし、最悪のケースを想定すれば言わざるを得ない。

「……秘密部隊というか、局長が来ないってことは絶対あり得ないっす」

「そうなの？」

エルナは老人やニクラスにわからないよう、言葉を選んで語った。魔王という脅威《きようい》と戦闘になる可能性を考えれば、ディルクが動くしかないと。

「要はこの国でいうところのリタっちと同じ人ってことっすよ。シュテノヴでは〝暗殺者〟ってことになるんで、表に出ないいんすけど」

自分と同じ、と言われても、一瞬《いつしゆん》何を言われているのか分からず眉根《まゆね》を寄せるリタ。しかし、暗殺者という言葉の意味を吟味《ぎんみ》しているうちに、ようやく理解が追いついてきた。

リタ自身も、広い意味では暗殺者だったと言える。

「んで、やっぱ秘密部隊はそういう目的で作られたわけっすから、喩《たと》えるならその仲間たちってところっすね」

旅を共にした仲間たち。リタの立場に置き換《か》えれば、パオルやアデーレ、カール爺《じい》にレナートス。つまりシュテノヴ特務諜報《ちようほう》局秘密部隊は、〝シュテノヴの勇者様御《ご》一行《いつこう》〟となる。

「あたしには何考えてるかわかんないすけど、こっちに来ないんだったらあっちにいるってことっす」

エルナ自身にも、ディルクが何を優先しているのかがわからない。しかし自分を直接狙《ねら》って来ない状況から見ると、明らかに機密の入った妖精の記憶《ミイムメモリ》を後回しにしていた。

そして、仮に魔王を優先して狙っているのだとしたら、どう動くのかも予想がついてくる。

魔王を討伐《とうばつ》する勇者と暗殺者。本来の目的は同じはずなのに、呼び方が少し違うだけでどんな手段も平気でとることができるからだ。

「たぶんっすけど――」

第五章 刺客たちは魔王に挑む

——妖精の記憶《ミイムメモリ》の実験概要に記されていた拓けた丘の上。イルゼ婆さんを捜しにきたシグっさんがたどり着けば、そこに待っていたのはひしゃげた砲台と五人の黒装束の者達《たち》。そして、後ろ手に縛《しば》られ膝をつくアルノルト爺《じい》さんだった。随分と嬲《なぶ》られたのか、その姿は既にボロボロ。

「アルノルト爺さん！」

シグっさんの呼びかけに、アルノルト爺さんが少し顔を上げる。その顔は腫《は》れ上がっていたが、表情は申し訳なさと困った様子が入り混じったもの。

「シグっさん、何で……来ちまったんだよ」

村人がシュテノヴ軍の若い兵士たちを圧倒《あっとう》していたのも束《つか》の間《ま》のこと。突如《とつじょ》現れた黒装束の者たちの驚異的《きょういてき》な力により、村人たちの反抗《はんこう》は一瞬にして終わりを迎《むか》える。

アルノルト爺さんを捕らえている集団は、明らかに一般の兵士たちと雰囲気《ふんいき》が違う。なぜこのような状況になったのかと困惑《こんわく》するシグっさんが一歩近づこうとするも、黒装束の一人が手を前に出して制止した。

「動くな」

男は彫《ほ》り深く落ち窪《くぼ》んだ陰気《いんき》な目をシグっさんに向ける。その瞳《ひとみ》から感情と呼べるものは読み取れず。

「見ての通り、我々は村人たちの身柄《みがら》を確保している。合図一つ、お前が下手な動きをすればどうなるかわかるな？」

淡々《たんたん》と語られる言葉。シグっさんはその意味を理解し、陰気な目の男をじっと見つめる。

シュテノヴ特務課報局秘密部隊、通称《つうしょう》〝五人の刺客《バルバルス》〟。八年前、魔王討伐《まおうとうばつ》を最終目標とし、特務課報局局長ディルク・フンボルトにより組織された暗殺部隊。過酷《かこく》な訓練を積んできた者たちの中から、さらに壮絶な生体実験に耐え生き残ったシュテノヴ最強の刺客たちだった。

当初の想定通りであれば魔王の討伐に使われる部隊であったが、国家上層部にもたらされた魔王退位の情報により留保され、以来シュテノヴの闇《やみ》の中で暗躍《あんやく》する存在となる。

非人道的な実験の産物であり公にできない性質上、彼らが勇者と呼ばれることはあり得ないが、一人一人がそう呼ばれるに値する実力を持つと噂されていた。

そして、魔王を倒す共通の目的があったとしても、普通の勇者たちと違う暗殺者たちは、正義感と程遠《ほどとお》い手段を平気でとれる。

「嫌《いや》なことするね」

村人の命を盾《たて》に、魔王の動きを封《ふう》じる。諜報員《ちょうほういん》ウィレムがもたらした情報を鑑《かんが》みれば、魔王が村人たちに情を抱いているのは明らかであり、そこを突《つ》かない選択肢《せんたくし》はない。

五人の刺客たちは今作戦の最大脅威たる魔王の動きを注視し、魔王が居ない箇所《かしょ》を最初に狙ったのだ。

エルナ・ヴェンダースがもたらしたであろう実験の情報を元に、これまでの記録から反抗する村人を分断させ守るべき対象を二つに分ける。仮に不確定要素の強いリタ・ヴァイカートと魔王が分かれても、先にリタ・ヴァイカートを最大戦力で叩《たた》けばいい。あとは人質《ひとじち》をとり、村人が戻らない事に業を煮《に》やした魔王を待つだけだった。

「お前が下手な動きを見せなければ、村人の命は保証しよう。我々の目標はお前にこの村から去ってもらうことにある」

慎重《しんちょう》に慎重を期す回りくどい作戦だが、下手に手を出すよりは十分成功率があった。いくら魔王を討伐するために作られた部隊とはいえ、実際に事を構えれば敵《かな》うかどうかもわからない。ディルクは勝てるかもしれない、などといった希望的観測を持たなかった。

「……ケーニッツ村は？」

「村は予定通り破壊《はかい》する。今後お前が戻ってくるとも限らない上、お前がいる事でその居場所がどうなるのかを知ってもらわなければならない。そして、我々が本気だということも」

元魔王であるシグルズが一つ所にとどまる事で、どういう結末を迎えるのか。村の破壊は見せしめであり、それはシグっさんに向けてのもの。もちろん脅《おど》しだけでなく、容赦《ようしゃ》なく実行されることを理解させなければならなかった。

「シグっさん、こいつらの言う事に耳貸すんじゃねえ！」

叫ぶアルノルト爺さんに構うこともなく、じっとシグっさんを見つめる黒尽《ず》くめの者たち。どんな些細《ささい》な動きも見逃《みのが》さないように、眼前の脅威に意識を集中していた。

一切の隙が無いことから、シグっさんも彼らが実力者だと察する。感情の無い瞳に見つめられながら、この困った状況には頭をかくしかない。

「なんとか見逃してもらうわけにはいかない？　大人しくしてるからさ」

とりあえず、ダメ元で頼《たの》んでみる。今のシグっさんにできることはそれくらいしかなく、絶対無理なんだろうな、と思いつつ。

「拒否《きょひ》する。お前にこの村を去ってもらうという要求は、我々が最低限達成すべき成果に過ぎない。今作戦における最大の成果は別にある」

陰気な男の鋭い目つき。シグっさんは相手の本気の目を見て、真意を察する。当然、彼らは異邦の王を目の前にしているのだから、やるべきことは一つしかないと。

「俺を、殺し――」

「お前を我《わ》が国《くに》の管理下に置き、協力してもらうことだ」

もちろん全然察せてなかったが、なるほどな、といった顔つきで頷いた。正直なところ、協力って何するの？　という気持ちだったが、察したふりをした以上聞くに聞けない。

シュテノヴが魔王を囲っているといった噂は、真実でなければシュテノヴにとって不利益になるものでしかない。しかし、それを事実とすることができたならば、また話は変わってくる。

実存する脅威の象徴《しょうちょう》たる魔王の生殺与奪《せいさつよだつ》を握り、その力を手中に収めているとわかれば擦《す》り寄ってくる国もある。そして、深淵に関する魔導《まどう》技術開発に対してさらなる進展も見《み》込《こ》めた。噂を誠《まこと》とすれば、シュテノヴに大きな利益がもたらされる。

世界に影響《えいきょう》を与える存在が勝手に住んでいることと、管理下に置いていることでは、意味合いが全く違ってくるのだった。

「お前を討伐するのは次点の成果といったところだな」

聞いてたなら最後まで言わせてよ、とシグっさんは頬《ほお》を染め、込み上げてくる恥《は》ずかしさに耐えた。しかし「協力しろ」という割には酷く友好的ではない振《ふ》る舞《ま》いに疑問も残る。

「当然、それらはお前を実際に御《ぎょ》することができれば、という前提条件がある」

仮に今、魔王が大人しく従ったとしても、いつか気が変わって逃げ出したり暴れ回ったりすることもある。異邦の王たる者の力を抑え込めるのかどうかによって、求められる結果は変わってきた。つまりは協力という建前の下、服従させられるかどうか。

そして、魔王を制御《せいぎょ》できる可能性が低いからこそ、期待のない最大限の成果に過ぎない。

「少し試《ため》させてもらおう」

陰気な目つきの男が言うと、後ろで黙り込んでいた黒装束たち四人は注射器を取り出し、首筋に打つ。

深淵の魔素が周囲を漂い、吸い込まれるように黒装束たちの身体《からだ》へと入っていく。しかし、溢《あふ》れてくる深淵の魔力《まりょく》とは裏腹に、見た目の変化は何一つ起こらず。

シグっさんは、先日見た気がする行為に訝しい顔を浮かべた。黒装束たちの行いが、自然の摂理《せつり》に反しているように感じてならなかったのだ。

「君たちもハーフってわけじゃ、ないよね？」

質問には答えず、ゆっくりと歩み寄る四人の刺客たち。見た目から彼《かれ》らを異邦人と呼べる要素はないが、纏《まと》う雰囲気や感じる力は異邦人の本性に近いもの。

「逃げろシグっさん！　こいつら普通じゃねえんだ！」

「……たぶん、この人たちは逃がしてくれないよ」

アルノルト爺さんを置いて逃げるつもりはないが、高まる殺気にシグっさんも息を呑《の》む。

他の村人達の安否も心配しなければいけない中、迫り来る敵意。こいつらをどうすべきかと考えていると、陰気な目つきの男が優しい言葉を告げた。

「これは我々の部隊がどの程度通用するのか判断する試験でもある。抵抗《ていこう》は許可しよう。……だが」

村人の命と村の行く末を握ったことにより作戦はほぼ終了《しゅうりょう》。あとは秘密部隊が魔王にどの程度肉薄できるのかを知り、あわよくば魔王の力を手中に収める、もしくは殺害。

ウィレムの報告から無差別に暴れることは考えにくいが、この魔王の逆鱗《げきりん》に触《ふ》れて刺客《バルバルス》全員が殺されても村の破壊は実行される。

さらに、万が一シュテノヴへ災厄《さいやく》を振りまこうものならば、東平野部にて演習の名目で待機させているシュテノヴ軍本隊の熟練兵士たちが動く手筈《てはず》であり、総統であるブルーノの一声で魔王との全面戦争が始まる状況。

「――我々は、お前の身勝手な振る舞いを許さない」

ディルク・フンボルトは、容赦の無い男だった。


一歩踏《ふ》み込み襲いかかってくる黒装束たち。地を抉《えぐ》り、一瞬にして距離《きょり》を詰《つ》めるその素早《すばや》さにシグっさんも目を剥《む》いた。

眼前に襲いくる高速の上段蹴《げ》りに、慌《あわ》てて右腕《みぎうで》をあげて防御《ぼうぎょ》。重い一撃《いちげき》に右腕を痺《しび》れさせる。さらにシグっさんの死角、手前を飛び越《こ》してきた黒装束が上から振りかぶる歪《いびつ》な短《たん》剣《けん》。濡《ぬ》れた刃《やいば》から毒薬の塗布《とふ》が窺《うかが》える。

シグっさんが後ろに大きく回避《かいひ》しようとするも、足に感じる重み。いつのまにか影縛《シャドウバインド》が大腿部《だいたいぶ》まで纏わり付いている。掛《か》かってきた二人の背後には、妖精の手袋《ミィムグローブ》を嵌《は》めた黒装束が手を伸《の》ばしていた。

身を仰《の》け反《ぞ》り短剣の刃を回避するシグっさんは、黒装束の腕《うで》を右手で鷲掴《わしづか》む。ぶちぶちと影縛を千切りながら左脚《ひだりあし》を後ろに踏み込み、勢いのまま短剣の黒装束を背後に放り投げた。あぶねえ、毒とか怖《こわ》い、と冷《ひ》や汗《あせ》をかいたのも瞬《また》く間。

いつのまにか回り込み目の前で屈《かが》んでいた四人目に腹を、体勢を立て直していた一人目から背後に手を添《そ》えられ――！　瞬間《しゅんかん》に襲ってくる零距離《ぜろきょり》の打撃《だげき》。前後から同時に放たれるシュテノヴ軍隊格闘術〝絶掌〟に、逃げ場《ば》のない衝撃がシグっさんの身体の中を駆《か》け巡《めぐ》る。

「――っ！」

臓物を抉られるような感覚に堪らず吐《は》く唾《つば》。息を吸うこともできず倒れそうになるが、脚を踏ん張りなんとか堪《こら》えた。

続いて二発目の絶掌を放とうと構える前後の二人に向け、シグっさんは空を撫《な》でるように左手を振り、黒き深淵の炎《ほのお》（中火）を発現。密着する二人を振り払《はら》った――

黒い炎を目《ま》の当たりにし、様子を窺っていたディルクはピクリと眉《まゆ》を動かした。

かつて大都市を一瞬にして焼き尽《つ》くしたといわれる異邦の王シグルズの伝説、「その始まりは黒き深淵の炎」だったと記されている。

全てを焼き尽くす大きな光、粉々に砕《くだ》け散る建物、灰になる人々。それが伝承に残る原初級《アツィルト》の魔術か、深淵《アビス》の奥底《おくそこ》に眠る力なのかはわからない。ただ、惨憺《さんたん》たる光景を目の当たりにした者は戦意を喪失《そうしつ》し、恐《おそ》れ慄《おのの》き、口々に言った。「あれは悪魔《あくま》の光だった」と。

以来、異邦の王シグルズは、悪魔の災厄を振りかざす者、俗《ぞく》に〝魔王〟と呼ばれるようになった。

どんな力も魔導技術により再現できると信じるシュテノヴの研究員達にとって、力の原理を知ることは到達点《とうたつてん》の一つ。是《ぜ》が非《ひ》でも魔王の力を究明し、手に入れたいと願っていた。

しかし、刺客達《バルバルス》の猛攻《もうこう》を躱《かわ》し続けるシグっさんは、一向に黒い炎以上の力を見せず。未《ま》だ深淵の魔素を取り込んですらいなければ、まともな反撃《はんげき》すらしていない。これではディルクも伝説の力の正体を見定めることはできなかった。

「止《や》め！」

ディルクが叫《さけ》ぶと、シグっさんを取り囲んでいた四人はピタリと静止する。上官の命令を待つも、魔王への警戒《けいかい》は解かない。

シグっさんも（やっと終わったかな）と安堵《あんど》し息を吐く。

しかし、続くディルクの言葉は期待を裏切るもの。遥《はる》かな実力差から、通常の戦闘《せんとう》で魔王を御することは難しいと判断しただけだった。

「――これより目的を魔王討伐に移行する、本性に身を委ねよ」

直後、刺客達《バルバルスたち》の様子が変わる。

周囲を漂う黒い魔素がいくつも現れ、吸い込まれるようにその身へと馴染む。血走る目。

身体の変質に耐えるように震《ふる》え、苦しみながら、腕はより太く脚はより逞《たくま》しく、身体全体がボコボコと大きくなっていく。理性の無くなった瞳は狂ったように赤く染まり、見た目は人だが相貌《そうぼう》はまるで野蛮《やばん》なもの。

シグっさんは眉根を寄せ、何か嫌なものを見る目で刺客達の変容を見届けた。

「それ、身体に悪いんじゃない?」

——野蛮な人《バルバルス》。

シュテノヴ魔導技術による生体研究が生み出した人の新しい姿。深淵の魔素をその身に取り込むことにより、異邦人に近い変質を可能とした。

段階的に薄めた深淵の魔力を注入し、身体を変質に耐えられるように馴染ませる。そして、体内に溜《た》まった深淵の力と大気に含《ふく》まれる魔素を反応させ、大量の深淵の魔素を吸入することで変貌させる。

混ざり者《ハーフ》の実験が成功したことによりこれまでの定説が覆《くつがえ》され、純粋な人にその技術が試された。しかし、身体の変質は想像を絶する過酷さであり、力を求めた多くの志願者の中から生き残れたのは僅《わず》か四人だけ。被験者《ひけんしゃ》の多くが暴《あば》れ狂ってしまい、遠巻きに見ていた研究員ユッタが「野蛮な研究ね」と皮肉を言ったことから、野蛮な人《バルバルス》の名前で呼称《こしょう》されるようになった。

薬剤の注入後は下痢《げり》、腹痛、発熱、倦怠感《けんたいかん》の副作用があり非常に身体に悪い。

――シグっさんに向けて振るわれる大きな拳。その拳圧からまともに受けることは選ばず、後ろに飛んで避《よ》ける。しかし、跳躍《ちょうやく》した先にはすでにもう一人の野蛮《バルバルス》な人が待ち構えていた。

大きな身体の割に身軽なのか、太い脚を振る蹴撃。シグっさんは右手右足を上げて防御の構えを取るも、与《あた》えられる強い衝撃に身体をくの字に折り曲げた。

「っ！」

小さなうめき声をあげながら吹き飛び、地を転がる。

なんとか手を伸ばし体勢を整えるも、目の前には巨体《きょたい》を浮《う》かし飛びかかってくる野蛮な人。もうこれ何人目のやつだよ、と思うも、拳を振るわれ顔面ごと地面に叩きつけられる。地響《じひび》きと共に大地を割る力。さらにその上、脚を突き出し降ってくる野蛮な人によって背中が踏みつけられた――！　メキメキと嫌な音がシグっさんの内耳《ないじ》に聞こえる。

「シ、シグっさん！」

眼前の猛攻。呆気に取られていたアルノルト爺さんが絞《しぼ》り出す叫び。しかし、殴《なぐ》られ続けるシグっさんの耳には届かない。

執拗《しつよう》に繰《く》り返される刺客達の打撃。何度も振り下ろされる拳《こぶし》の一つ一つが重い。シグっさんは本能に意識を委ねそうになる中、ただ自分自身へと問いかけるように考えていた。

――なんだかもう、いいんじゃないかな。

昔から、どれだけ自分が自由に暮らしたくても、周囲がそれを許さない。誰《だれ》かに押《お》し付けられ、誰かに期待されて、誰かの代わりに戦った。そして、終われば何事も無かったかのように時代は進む。別に自分がやらなくても、成《な》し遂《と》げなくても世界は緩《ゆる》やかに変わっていくのに。

疲《つか》れ切っていた。目覚めればまた誰かに願われ、戦って、全ての責任を背負う。それを延々と繰り返す悪夢に、重圧に。

――ただ、人と異邦人が交わる世界を見たかっただけ。

だから約束を結んだ。いけ好かない男だったが、理想を見せてくれると言い切った。そして「お前はもう人と争うな」と。

また目覚めれば、男の約束が徐々《じょじょ》に果たされていて、自分も王の座を降りることで約束を守る。人と異邦人が融和《ゆうわ》し交わっていく。まだ綻《ほころ》びは多いが、だんだんと強く結ばれていく。一つになっていく。

新しい世界が始まる外の空気には、感動すら覚えた。

——だけど、自分はその世界に入れない。

因果応報、過去の報《むく》い。それは犯《おか》してしまった罪の分だけ大きく、いつの間にか深い業を背負っていた。災厄を振りまく魔の王として、世界一の嫌《きら》われ者として。誰かに消えて欲《ほ》しいと願われながら、もう忘れて欲しいと願いながら、心が深淵に沈《しず》み込んでいく。

——魔王とまで呼ばれた者は、世界から許されない。

鈍《にぶ》い痛みを感じる度に、理性が本能を抑えきれなくなっていく。黒い闇に塗《ぬ》りつぶされていく心。生存への執着《しゅうちゃく》か、破壊の衝動《しょうどう》か。身体の奥底から溢れてくる本性《ほんしょう》は、自身の願いとは相反する感情を抱《いだ》かせる。

金色に染まっていく瞳に浮かび上がった幾何学模様《きかがく》。本性に身を委ねながら、意識を手放していく。村を守るためというただの自己弁護、これから起こる惨劇《さんげき》に後悔すると気付きながら、全てを壊してしまうと知りながらも、独りでは抗《あらが》うことができなかった。

堕《お》ちていく心が黒く染まりかけた時、白い光が闇を切り裂《さ》く――


「――星を駆ける《ステラ・ドライブ》！」


凛《りん》とした声音《こわね》と共に、シグっさんの上を通過する一筋の白い光。それは野蛮な人《バルバルス》の巨体をいとも簡単に吹《ふ》き飛ばし、弧《こ》を描《えが》くように土煙《つちけむり》をあげて着地した。

白銀の撲殺剣《ぼくさつけん》ブリュンヒルデを片手でくるりと回し、残り三人の刺客に向ける。茶色い外套《がいとう》、人形のように首を傾《かたむ》けて揺《ゆ》らす短い金髪《きんぱつ》に、じっと前を見据《みす》える青い瞳。

「無抵抗の者に拳を向けるなんて、勇者らしくないね。私が相手になろうか？」

スラウゼンの剣《けん》、リタ・ヴァイカート。

地面に埋《う》もれそうだったシグっさんは、バッと顔を上げてリタの姿を確認《かくにん》。(あの娘《こ》どの口で言ってんの⁉)と驚愕《きょうがく》し、沈んだ気持ちが全部吹き飛んだ。

リタも無抵抗のシグっさんにかなり殺す気で襲いかかっていたはずなのだが、どうやらそれは棚《たな》の上に置いてきた様子。目の前の同業者たちに向け、勇者の何たるかを諭《さと》す。

「力無き者を助け、悪《あ》しきを挫《くじ》く。それが勇者たるものでしょ。寄ってたかって、正々堂々とした勝負もできないの？」

いきなり奇襲《きしゅう》を仕掛《しか》けた本人から出る言葉とは到底《とうてい》思えないが、刺客《バルバルス》たちは挑発《ちょうはつ》するリタを睨《にら》みつけ警戒の色を見せた。

理性を失った目をギラつかせ、黒装束がはち切れんばかりの大きな身体を持つ刺客たち。

しかし、リタは臆《おく》することなく対峙《たいじ》する。立ち振る舞いはまるで、どんな力も打ち砕くお伽話《とぎばなし》の英雄《えいゆう》のように勇ましいもの。

ただ、その容姿だけが無骨な英雄には到底見えず。淑《しと》やかな娘に相応《ふさわ》しい小さな唇《くちびる》が告げる。

「私が勇者のなんたるかをきちんと教えてあげる。かかってきなさい――」

直後、新たに現れた脅威に対して刺客の一人が飛びかかった。腕を大きく振り上げ、リタに向かって拳を振るう。

「蓄積展開《ストツク》」

リタは軽《かろ》やかに後ろへ跳躍し、襲いくる巨大《きよだい》な拳を難なく避けた。眼前には地を砕きながらリタを睨みつける刺客。

真後ろで地面と垂直に展開していた黄緑色の魔《ま》法陣《ほうじん》。リタが足を合わせて蹴り返すと、幾何学模様が弾《はじ》けてその身を前に押し出した。突然の反転に驚《おどろ》き刺客の目が見開かれる。身体を小さく回転させながらブリュンヒルデを回し、刺客の鎖骨《さこつ》に叩き込むリタ。勢いのまま、刺客の顔面を砕けた地面に押し込んだ。

――形成級魔術〝風の架け橋《シルフィズクツシヨン》〟は、空中に足場を形成し、奇抜《きばつ》な動きを可能とする。もちろん調子に乗って高く跳《と》ぶと痛い目を見ることになる――

間髪《かんはつ》をいれずにかかってきた二人目。中腰《ちゆうごし》のリタの顔に向けて、太い脚《あし》の飛び膝蹴《ひざげ》りが襲う。

リタは勢いに逆らわず、刺客の膝関節《しつかんせつ》に左手を掛け半身をずらし、身体を捻《ひね》りながら力の流れを上にグイと持ち上げた。

急に脚から身体が反転し、ふわりと宙に浮いた巨体。青空を見上げる格好の刺客。リタがブリュンヒルデの柄《つか》を刺客の顔面へと打ち下ろし、勢いのまま後頭部から地面に叩き付ける。

「殺気が漏《も》れすぎ、あと動きが直線的だよ」

くるりと回したブリュンヒルデを地に突き立て、リタは手をパンパンと叩く。指導というには少しやり過ぎだが、リタの受けてきた訓練はこんなものではない。

打撃の隙《すき》をことごとく逆手に取られ、狂気《きょうき》の中で学習した三人目がリタに掴《つか》みかかる。奇抜な動きを封じてしまえば、細枝のように見える肢体《したい》。しかし——リタの細い右腕をとった直後、鈍い音と共に刺客の肩《かた》関節が外れる。

力の入らなくなった左腕《ひだりうで》をだらんと垂らし、驚いた表情を浮かべる刺客に、リタは眉根を寄せた。

「無闇《むやみ》に掴みかからない、毒針仕《し》込《こ》まれてたらどうするの？」

右手の裏拳《うらけん》で顎《あご》をノックするようにカンと打ち抜《ぬ》き、最後の野蛮な人《バルバルス》は意識を失い膝から崩《くず》れ落ちる。


——星空の軌跡《ステラ・アーツ》。

幼くまだ非力だった頃のリタが最初に習得した返し技《カウンター》。可憐《かれん》な少女の敵は、当然自分以上の怪力《かいりき》や巨躯《きょく》を持つ異邦人《バーレルセル》だった。一撃を喰《く》らえば死、自身の非力では攻撃《こうげき》も通らない。ならば、相手の力の利用した技を会得《えとく》するしかなかったのだ。星の軌跡のように円を描き、大きな力の流れに逆らわず、その身を委ねるよう倍返しする。

少女時代のリタの眼前。幾《いく》つもの大きく無機質な鉄球が縦横無尽《じゅうおうむじん》に振り回され、時に躱し、時に当たりながら、死ぬ思いで習得した返し技の極意《ごくい》。それが、星空の軌跡《ステラ・アーツ》。

その後、メキメキと力を付けることにはなったが、依然《いぜん》か細き娘たるリタの真骨頂である。


アルノルト爺さんはポカンと口を開け、黒装束のディルクは何の感情も見せずにリタを見つめたまま。ゆっくりと身体を起こすシグっさんは、（今言ったこと全部やってた。俺《おれ》にやってた）と殺気むんむんのリタに襲《おそ》われ、胸《むな》ぐらを掴まれたことを思い出していた。

四人の野蛮《バルバルス》な人たちをあっという間に叩き伏《ふ》せたリタが、残る一人の男に向き直る。

「……あなたがディルク・フンボルトね。お仲間には再教育したけど、あなたにも必要？」

ディルクの静かな気配――口では大言を吐くものの、リタは奇妙《きみよう》な違和感《いわかん》を覚えていた。

戦闘の最中、当然ディルクにも警戒を向けてはいたが、仲間が倒《たお》されている時も一切揺らがず、ただ淡々と現状を視認《しにん》していただけ。リタの力を推《お》し測《はか》り、彼我《ひが》の戦力差を計算していたようにも見える。

（先に手の内を明かしたのは不味《まず》かったかも）

数手ではあるが自身の動きを見せてしまい、リタの胸に微《かす》かな不安が生まれていた。直接手を合わせていなくても、相手の底の見えない気配が不気味さを匂《にお》わせる。もしディルクの戦力が一騎当千《いっきとうせん》の英雄級ならば、戦い方を予測されるリタが圧倒的《あっとうてき》不利な立場。

しかし、ディルクの返答は意外なもの。

「必要ない、魔王とスラウゼンの剣がこちらに揃《そろ》った段階で大勢は決している。我々もすぐに引き上げるのでな」

「あら……そう」

意外にあっさりとしたディルクの態度に、リタは少し拍子抜《ひょうしぬ》けした。確実に強いとわかる相手だが、戦う事を選ばずに引いた、と取る。戦況《せんきょう》を冷静に分析《ぶんせき》できるのもまた一つの強さと。ただ、リタの後ろのシグっさんは疑念に満ちた表情を浮かべた。

二人の反応に構わず、ディルクはリタに謝辞を述べる。

「不作法な部下の教育にも感謝しよう、自身の弱点を良く理解したことだろう」

「どういたしまして」

狂気に支配される野蛮な人《バルバルス》は、本性に身を委ねれば圧倒的な膂力《りょりょく》と引き換えに、冷静な判断力を失っていく。ディルクの命令を待たず、敵意を見せるリタに向かってしまったのがその例だった。リタのような戦い方をする者とは特に相性《あいしょう》が悪いと言える。

だからこそ、ディルク指揮のもと四人一組で運用し、力任せな異邦人戦《バーレルセル》や敵組織の殲滅《せんめつ》戦などで適時投入されていた。

「スラウゼンの剣、その強さが噂《うわさ》に相違《そうい》ないと理解した」

リタを相手とするならば、四人が本性に身を委ねる前段階が最適だとディルクも良く理解している。魔王の動きが逆となり、最初にリタと会敵していればディルク自身も参戦。五人で迅速《じんそく》に処理する手筈だった。実際にそれが可能だったかどうか、結果は戦力分析を行ったディルクの頭の中にあることだが、作戦終了間近となってはどうでも良いこと。

それよりも、ディルクは気になっていた事をリタに尋《たず》ねる。

「しかし今作戦において、我々にも不明瞭《ふめいりょう》な点が一つだけあった」

「不明瞭な点？」

「そうだ。なぜ、勇者たるリタ・ヴァイカートがケーニッツ村を離《はな》れず、魔王と共に暮らしているのか。エルナ・ヴェンダースや偵察《ていさつ》からの報告でも推測できなかったものでな」

ここで初めて、ディルクが人の感情を宿した目を見せる。それは純粋な興味、といったもの。ディルクにとって、実際敵なのか味方なのかもわからないリタは脅威であり不確定要素《ワイルドカード》。リタがいるだけで手間が大きく、回りくどい作戦を取らざるを得ない。

急に自分の事情を聞かれたリタは頬を染め、オタオタとする。チラチラと後ろのシグっさんを気にしながら、言うべきか、言わざるべきか迷った素振《そぶ》りを見せたが、意を決したように前を向き青い瞳を輝《かがや》かせた。

「こ、子供が出来てたら、あれだからって。……エルナちゃんが」

言葉尻《ことばじり》が小さくなるリタの告白を聞き、ディルクは少しだけ驚いたように瞼《まぶた》を動かす。

すぐ隣《となり》にいるアルノルト爺さんは、シグっさんもやる事やってんな、といった様子で斜《なな》め下を向きニヤついていた。

「普通《ふつう》の幸せの、一つだって。ちゃんとわかるまではと思って！　お父さんいないと寂《さび》しいの……わかるし」

モジモジと、恥ずかしそうに情事の説明をするリタ。

ただ、シグっさんだけはギュッと目を瞑《つぶ》り、（ちょっとこの娘どうにかして欲しい）と天を仰《あお》いでいた。百歩譲《ゆず》ってもあの黒い人に言う事じゃない、と。そして、あの日自分の命が勘弁《かんべん》された理由、村から帰らなかった理由、編んでいた靴下《くつした》の寸法がやけに小さかった理由を察した。

「ふん、そういうことか。自分を殺しにきた女に手を出すとは、異邦《いほう》の王といえども案外俗物《ぞくぶつ》だな」

エルナが報告しなかったのは乙女《おとめ》同士の秘密と知り、異邦の王の威厳《いげん》を鼻で笑うディルク。

シグっさんは、もうやめて！　と叫びたい衝動をグッと堪える。代わりに（あの日の記憶よ、深淵《アビス》の力で蘇《よみがえ》れ！）と心底願った。真実が未だにわからない。

「私みたいに――」

「いや、もういい。大方の事情は理解した、不可解だった点も腑《ふ》に落ちる。我々の分析が甘《あま》かった、ということだろう」

ディルクはリタの言葉を遮《さえぎ》り、もう十分と言った様子で左手を前に出す。それ以上の説明は聞かなくても察しがつく上に、必要のない情報と判断したのだ。それに、エルナが最初から報告していてもあまり関係のない些《さ》末《まつ》な事。大勢の決した作戦の締《し》めに思考を切り替《か》える。

「少しリタ・ヴァイカートの到着《とうちゃく》が早かったが、そろそろ良い頃合《ころあ》いだ。再度〝状況《じょうきょう》〟を説明しておく」

「……え？」

ディルクが諦《あきら》めたと思っていたリタは困惑する。前に出された手で一本立てた人差し指を見つめながら。

「一つ、我々は村人たちの命を預かっている」

その冷たい声音は本気。真剣《しんけん》な表情を作り直したシグっさんも息を呑む。前方のディルクの指が二本立てられた。

「二つ、我々は村の行く末を握《にぎ》っている」

アルノルト爺さんはディルクの右手が後ろに回され、何かを取り出す仕草を見る。そして立てられる三本目の指。

「三つ、それらは合図一つで同時に失われる」

ディルクの右手には大筒《おおづつ》の拳銃《けんじゅう》が握られ、銃口《じゅうこう》はゆっくりと上空を向いた。三人の表情が驚愕の色に染まっていく。

容赦無《ようしゃな》く引き金が引かれ、ボンと乾《かわ》いた音が耳を打つ。青空に打ち上がっていくのは、一筋の赤い煙弾《えんだん》――

「村人たちは此処《ここ》から村と反対の方向に囚《とら》われている。お前たち二人が協力すれば助けられるだろう。村を諦めれば、だがな」

冷徹《れいてつ》な言葉の後、山の向こうから重く鈍い音が響《ひび》いた。

▼

ドン――とお腹《なか》まで響く魔導加速砲《カタパルト》の重い音。天高く舞い上がっていく我が研究成果を、ユッタは口を開けながら見上げていた。どんどん小さくなるので、白衣のポケットから双眼鏡《そうがんきょう》を取り出して覗《のぞ》き込《こ》む。

放物線を描きながら落ちていく丸っこい円柱型の火球爆弾《フレアボム》。道無き道を休憩《きゅうけい》もせずに歩き疲れ切っていたが、我が子の勇姿を見られるなら感慨深《かんがいぶか》いもの。さあ、どのくらいの破《は》壊力《かいりょく》があるものか、と期待する。

だがそのとき、

「あれ？」

火球爆弾に近づく黒い人影《ひとかげ》が見えた――

▼

「発射台はここに……なんで!?」

村向こうの山から放たれた砲弾《ほうだん》を目撃《もくげき》し、リタは驚愕する。妖精の記憶《ミイムメモリ》に記録された実地試験概要《がいよう》の発射位置もこの場所で合っていた。すでに発射台が壊《こわ》れていたからこそ、デイルクに〝為《な》す術《すべ》は無い〟と思《おも》い込んでいたのだ。

ひしゃげた発射台は囮《おとり》、元から部隊が幾つかに分けられている。そもそも記録自体が偽物《ダミー》だったか——その事実に気がついたアルノルト爺《じい》さんが叫ぶ。

「二人とも、村のことはいい！　みんなを助けに行ってくれ！」

思い入れはあるが、積み上げてきた物はまた作り直せばいい。ケーニッツ村が破壊されようが、大切な仲間たちの命を優先する。得体の知れない黒い男に、いつ、い、いつもの小競《こぜ》り合いとはわけが違《ちが》う、と感じたからだ。

アルノルト爺さんの意思を受け取ったシグっさんが頷《うなず》き、身を翻《ひるがえ》し走り出そうとする。

しかし、

「待って！」

リタが制止した。

シグっさんは焦《あせ》りつつも止まり、リタに急ぐよう伝える。これから走っても、自分一人ではどれくらいの命を守れるかもわからない。用意周到《よういしゅうとう》な黒い男の口ぶりからして、二人で守って丁度良いくらいだと予想もつく。

「リタちゃんも頼む！」

必死な気持ちで願うも、リタは動かずシグっさんを見つめる。一体何を考えているか理解できず、焦りばかりが大きくなった。

「みんなは大丈夫だから、あなたは村を守って」

突然《とつぜん》おかしなことを言い出すリタ。今しがた黒い男が殺戮《さつりく》の合図を送ったばかりじゃないか、とシグっさんは眉間《みけん》に皺《しわ》を寄せる。アルノルト爺さんも焦燥《しょうそう》に駆られた気持ちを抑《おさ》えきれない。

「リタちゃん、何を――」

「説明はあと！」

リタは叫びながらも強い魔力を練り上げた。周囲に漂《ただよ》うつむじ風が短い金髪を揺らす――その胸に宿るのは、村を破壊させない、アルノルト爺さん達《たち》の思い出を守る、という強い決意。

二人が焦る中、ディルクだけは感心した様子でリタを眺《なが》めていた。だからこそ、リタが容赦なく刺客《バルバルス》たちをねじ伏せ、自分を倒せば終わりと判断したのかと合点《がてん》もいく。人質《ひとじち》を取られている、と知らなかったわけではなく、知った上での行動だったと。

じっとシグっさんを見つめるリタの瞳《ひとみ》。いつかどこかで見た強い既視感《きしかん》が、シグっさんの脳裏《のうり》を過《よぎ》る。

「──私を信じて」

──俺を信じろ。

重なる姿、あの男と同じだと気がついた。自分の意志を貫《つらぬ》く決意、未来を見据える青い瞳。シグっさんが信じた男とリタは、同じ瞳で信頼《しんらい》しろと告げる。

なんの根拠《こんきょ》もなく、なんの確証もなく信じたいつかの約束は果たされていた。シグっさんがうち震えるほどの感動を与えもした。

そしてすぐ目の前の女の子、リタも今、ケーニッツ村を、村人たちが築き上げてきた思い出を助けてくれようとしている。あの男と同じ瞳を持つリタが言うならば、みんなも大丈夫だと信じることができた。もちろん根拠は何一つない。だが、信じるに値する強い意志を感じていた。

「アルノルト爺さん……」

シグっさんの周囲に、黒き深淵の魔素が漂う。馴染《なじ》むように吸《す》い込まれると、身体を変《へん》貌《ぼう》させていく。金色に変わる両の眼には幾何学模様が浮かび上がった。

「リタちゃんのこと信じてみるよ」

真っ黒に染まっていく全身、炎のように揺れる闇《やみ》の蜃気楼《しんきろう》。大きさも、形態の変化もない。ただゆらゆらとした闇を纏い、黒く染め上がる異邦人《バーレルセル》。鋭《するど》く尖《とが》った爪《つめ》も巨体の迫力《はくりょく》もないが、震える大気と存在の威圧《いあつ》感はその者を超越《トランスツェンデンツ》級だと理解させる。

「あと、ごめん。もう散々言われてるから気がついてるかも知れないけど」

黒き深淵の炎を纏う魔王《まおう》、伝説で語《かた》り継《つ》がれる異邦の王シグルズ――恐ろしき風貌《ふうぼう》の威厳ある王が、悲しそうに笑う。

「俺ってさ、元魔王なんだ」

隣人《りんじん》の突然の告白に、アルノルト爺さんは困った顔で苦笑《くしょう》するしかなかった。

「今、言うことかい……」

視線を送ればリタが一つ頷く。円柱型の爆弾はすでに折り返し、落下を始めた頃《ころ》。シグっさんは大地をグッと踏み込み、勢いよく走り出した。言葉を交《か》わさなくても、二人の意思が通う。

「多重法陣《じん》、加速投射《アクセラレータ》！」

一筋の黒き影《かげ》。目にも留まらぬ速さで行く先に、リタが黄緑色の魔法陣を形成した。爆弾の軌道予測地点に向けて列に並べた四つの陣。シグっさんは自身ができる全力の跳躍で一つ目に飛び込み――加速した。

黄緑色の光がはじけて二つ目に突入《とつにゅう》、再加速。黒き蜃気楼の下にある肉がミチミチと音を立てる。

そして三つ、身体が空気の壁《かべ》に当たり骨が軋《きし》んだ。視界もトンネルのように狭《せば》まっていく。

最後の四つ目。飛びそうな意識を必死に繋《つな》ぎ、ボンと空気の膜《まく》を突《つ》き破《やぶ》る。大きくかかる負荷《ふか》、バラバラになりそうな身体。もう余計なことは考えず、遥《はる》か先の爆弾に集中する。

勇者リタが創り出す魔法陣を潜《くぐ》り抜け――異邦の王シグルズは翔《と》んだ。

加速に加速を重ねた肉体で風を切り、ケーニッツ村に向かって落ち行く火球爆弾に向けて。ぶれる視界の中で、真《ま》っ直《す》ぐに突き進《すす》む。

〝左手〟を使い生み出す黒き深淵の炎。大気と結合している魔素《まそ》が細かく分裂《ぶんれつ》し、放出する熱の力。その手で触れ、火球爆弾を空中で爆発《ばくはつ》させれば村への被害《ひがい》は最小限で済む。

落下する円柱型の爆弾に、シグっさんは黒き深淵の炎を宿す左手を伸ばす。しかし、

「っ！」

火球爆弾《フレアボム》にはまだ届かない。

空気の抵抗でどんどんと遅《おそ》くなっていく自分の身体。距離が遠かったせいか、射出され加速した身でも間に合わない。万が一を考えたディルクが、初めからそう計画していたのか。

すぐ下には慣れ親しんだ村の景色。アルノルト爺さんと耕した畑に、家畜《かちく》の世話をした牛舎。イルゼ婆《ばあ》さんと食卓《しょくたく》を囲んだ木製テーブルに、一緒《いっしょ》に座《すわ》った丸太椅子《いす》。マルティナやニクラスと遊んだ丘《おか》、村のみんなでどんちゃん騒《さわ》ぎをした広場。何よりもケーニッツ村は、シグっさんを温かく受け入れてくれた思い出の詰まった村だった。だが――守れない。

失速した身体は、既《すで》に放物線を描きながら落ちている。まだ斜め上空にある爆弾、それは村を破壊《はかい》し、思い出を消し去るもの。左手を伸ばすシグっさんの表情は、見開かれた金色の瞳を歪《ゆが》ませ、徐々に絶望の色へと染まっていく。

（あと、もう少しだったのに――）

――そう諦めかけた時。シグっさんの真横を過ぎ、上空に打ち上がっていく空気の衝撃《しょうげき》。それは、村外れの森の中から幾つも発射される。

シグっさんが驚いて下方を向くと、木々の合間に人影が見える。右手を上空にかざす女の子、茶色いお団子頭が特徴的《とくちょうてき》。

「貸し、二つ目っすよ！」

もちろんシグっさんにエルナの声は届いていないが、乗れと言われているのはわかった。形成級魔術《まじゅつ》〝衝撃《ショック》〟。リタの魔術に比べれば随分《ずいぶん》と小粒《こつぶ》だが、十分に大の男を吹き飛ばせるほどの威力《いりょく》。もちろん圧縮された空気の足場としても使える。〝風の架け橋《シルフィズクッション》〟と〝衝撃《ショック》〟は同じ風属性の魔術であり、要は空気の壁がその場に滞在《たいざい》するのか、迫《せま》り来るかの違いしかない。

シグっさんの目の前にたくさん打ち上がってくる空気の足場。

逃《に》げ出したい衝動を堪えて手伝ってくれるエルナに感謝しながら、シグッさんは火球爆弾《フレアボム》までの道筋を見極《みきわ》める。手を伸《の》ばして空気の弾丸《だんがん》に触《ふ》れると軌道を変え、上がってくる足場を蹴《け》って弾けさせ、一つ、二つと飛んでいく。

焦りと高揚《こうよう》が入り混じった不思議な感覚、すぐ目の前には落ちてくる火球爆弾。シグっさんは渾身《こんしん》のひと蹴りのあと、真横から円柱型の爆弾に向けて突っ込み、右脇に抱《かか》え込んだ。随分と無茶《むちゃ》な当たりをしたが、先端《せんたん》に触れさえしなければ起爆《きばく》はしない。

随分と位置が低くなったのでもう村も目前、この位置では爆風《ばくふう》で巻き込んでしまう。しかし、シグっさんは超越級の異邦人。手に届きさえすれば、なんだって守ることができる。丸っこい円柱を抱えたまま、最後に上がってきた足場を蹴り上げ、反動をつけながら身体を反転させる。そして渾身の力で上空に——火球爆弾を投げ返した。

「黒き深淵の炎——」

反対に落ちていくシグっさんの左手から、黒く大きな炎が立ち昇《のぼ》る。その上に右手を重ねると、黒い炎が吸い込まれていった。細かく分解された魔素を熱と共に急速に圧縮すると、右手の平の上で輝く。

黒い力を包む白い光。シグっさんは上空の火球爆弾へと向け、黒を内包した光を放つ。

空へと立ち昇る閃光《せんこう》——現れては消え、一瞬《いっしゅん》の静寂《せいじゃく》——直後に、青かった空が一瞬で赤く染まるほどの炎《ほのお》が膨《ふく》れ上がる。至大な炎の塊《かたまり》。

——！　耳を劈《つんざ》く轟音《ごうおん》、大気を震わせる振動《しんどう》に、衝撃波《しょうげきは》が遠い山の木々にまで届く。輪を作る大きな煙《けむり》が急速に広がり、激しい暴風が辺り一面に吹き荒《あ》れた。

――それはまさに、伝説で語られる悪魔《あくま》の光だった。

▼

研究員ユッタは目撃した――。

飛んできた黒い影により、遥か上空へと放り投げられた火球爆弾。そして、白い閃光に撃《う》ち抜かれた後に膨れ上がる太陽のような爆発。

距離《きょり》のあるユッタの下まで荒れ狂《くる》う暴風と地響きが届き、魔素観測器は振《ふ》り切れ異常な動きを示している。当然ながら、あれが火球爆弾の威力ではないと理解していた。

せっかくのお披露目《ひろめ》を邪魔《じゃま》された格好になるが、ユッタはそれどころじゃなく興奮している。あひゃひゃ、とわけのわからない奇声《きせい》をあげながら、風を感じるように手を広げ狂気的な満面の笑《え》み。

自分の全く知らない壮絶《そうぜつ》な力を持つエネルギーが目の前にあった。実在してしまった。太陽が現れたのだ。これが研究員として興奮せずにいられるわけがなかった。

▼

「あれが、悪魔の光……」

黒装束《くろしょうぞく》に身を包み冷静な面持《おもも》ちだったディルクも目を見開く。あれが伝説に語り継がれる正体、魔王たる者の力かと。圧倒的な力の存在、微かに震える手を握りしめる。

世界に影響《えいきょう》を及《およ》ぼす可能性の高い異邦人《バーレルセル》の超越級。中でも特に危険視される異邦の王。語られる恐怖《きょうふ》に相違はないと判断し、魔王の危険性を改めて認識《にんしき》する。

アルノルト爺さんはただ呆然《ぼうぜん》と見つめるしかなく、リタも衝撃的《しょうげきてき》な光景に絶句していた。

「……作戦は終了《しゅうりょう》した、撤収《てっしゅう》する。立ち上がれ」

先ほどの轟音でまだ耳がキンとする中、ディルクは部下に向かって命令を出す。目はすでに冷静さを取り戻《もど》し、淡々《たんたん》とした様子。身体が萎《しぼ》んでいた刺客たちは目覚めていたのか、よろよろと立ち上がりディルクの命令に従った。

ゆっくりと歩き出すディルクに、我に返ったリタが村を指して告げる。

「たぶん……壊れて、ないけど？」

リタの目から見て、おそらく何軒《なんけん》かの家はあの爆風で倒壊《とうかい》してしまっただろうが、畑や大きな建物は無事。とても壊滅《かいめつ》したとは言い難《がた》く、〝村は守られた〟と言える。

しかし、嬉《うれ》しいはずなのに、あの衝撃の光景を目《ま》の当たりにした後ではなんとも歯切れの悪い言葉になってしまう。

「構わん、我々の目標は〝達成〟した。村人たちもお前の予測通り無事だ、すぐに解放されるだろう」

「……そう」

ディルクの言葉に頷くリタと、ハッと振り返るアルノルト爺さん。

リタの予測というよりは、エルナの予測になるのだが、結果的に村人たちの命も助かった。——シュテノヴ軍との戦いに向かうというのに、村人たちのやけに朗《ほが》らかな様子、過去の小競り合いで大した怪我人《けがにん》や死人が出ていないのは明らか。いくら小さな衝突《しょうとつ》とは言え軍からすれば農具で武装した相手、『村人を殺すな』と厳命されていなければあり得ないこと。

エルナは〝その理由〟に心当たりもあり、「局長は上からの命令《オーダー》を絶対に違《たが》えない」と確信していた。

また、エルナから聞かされたリタも、別の意味で信用することができた。

「やっぱりあなたも、〝民衆を守る〟ための勇者だったってことね」

暗殺者と呼ばれはしても、ディルクはシュテノヴにおいて魔王討伐《まおうとうばつ》を期待される一人の勇者。リタは自分と同じ存在と聞かされた時、ディルクにも勇者としての正義があるのではないかと考えていた。そもそも、魔王の脅威《きょうい》をシュテノヴから追い出し守るための作戦。そのために命を犠牲《ぎせい》にするとは思えないと。

しかし、立ち止まり振り返ったディルクは、リタの甘い考えを鼻で笑う。

「それは違うな。我々は〝国を守る〟ために存在する。許可されていれば、命の犠牲など厭《いと》わない」

向けられた感情の見えない冷たい瞳。お伽噺《とぎばなし》で語られる勇者としての理想だけで生き、まだ人としての経験が足りないリタに、ディルクの真意を推し測ることなどできなかった。

底を見せないディルクに微かな疑念を抱きながら、リタは外套の懐《ふところ》から小さなスティックを取り出す。後に残ったもう一つの用事も済ませなければならない。

「……これ返すよ。エルナちゃんも反省してるから、許してあげて」

リタが持つ妖精の記憶《ミイムメモリ》。国家の機密が入った記録端末《たんまつ》を見ても、ディルクは特に何を思った様子もなくリタに手の平を向けるだけ。

「必要ない、記録のほとんどが偽物《ダミー》の情報だ。それでも売れば多少の金にはなるからな、エルナ・ヴェンダースの退職金代わりにくれてやる」

リタはきょとんとした表情で妖精の記憶《ミイムメモリ》を見つめた。（エルナちゃん狙《ねら》われてなかったの?)と。

――そもそも、エルナがこの記録を抜き出してきたのは、シュテノヴ諜報《ちょうほう》機関の総本山たる特務諜報局。当然ながら、ディルクを出し抜くことなどできるはずもなく、厄介払《やっかいばら》いをされた上で偽物の情報を掴まされ、魔王とスラウゼンの剣の下に駆《か》け込むよう誘導《ゆうどう》されていた。エルナはケーニッツ村に爆破《ばくは》実験の情報をもたらす役目の一つとして作戦の中に組《く》み込まれ、利用されていたのだ。経費は抜いたのでクビは事実。

しかし、リタには腑に落ちない点もある。

「で、でもこれ、火球爆弾《フレアボム》実験のこととか……本当じゃなかったの?」

おそらく機密である新型兵器の存在、これは他国に流れたら困るはず。偽物の情報と聞けば、そもそも爆弾実験自体が無かったのか。何が嘘《うそ》で、どこまでが本当なのかわからなくなってきていた。

片手を下ろしたディルクは少し面倒《めんどう》くさそうな様子だったが、勇者の後輩《こうはい》たるリタを指導する。今後起こりうる一つの結果として、期待値は薄《うす》いが仕掛けておくべきだと。

「それは事実だ、多少の真実を混ぜなければわざわざ作った偽物として使いものにならない。火球爆弾の存在はどちらにせよ研究所に入った他国の間諜《スパイ》から漏れるものであり、流れても良い情報となる。シュテノヴが強い兵器を持つとわかれば、隣国《りんごく》への抑止力《よくしりょく》にもなるのでな」

火球爆弾は、シュテノヴの最新魔導技術と〝二人〟の天才が作った兵器。実験概要だけでは燃料作製と製造方法はわからず、技術で遅《おく》れた他国が真似《まね》をするには最低でも十五年はかかる。そして十五年もあれば、シュテノヴ魔導技術はさらなる発展を遂《と》げ、より強力な兵器を生み出すことは確実だった。

淡々と話すディルクに、リタが気になったのは最後の言葉。

「抑止力……？」

「そうだ。強力な兵器をシュテノヴが所持していると知れば、他国は迂闊《うかつ》に手を出すことができなくなる。それは無言の手札の一つとして機能し、より状況を有利に進めることができるだろう。……敵がそれ以上の脅威でなければ、の話だがな」

駆け引きから縁遠《えんどお》い世界で生きてきたリタは、あまりしっくりとは来ていない。相手がどんなに強い力を持っていようと、勇気と気合いと根性《こんじょう》で乗り越《こ》えてきたからだ。それはもちろん、リタが強者の部類に入るからこそいえること。しかし、

「……」

「わからないなら、今さっき見た光景で抱《いだ》いた感情を思い出せばいい。あれに何を思った？」

ディルクがリタに伝えたいのは、世界に影響を与《あた》える抑止力のこと。大規模な軍隊を結成しても、一瞬で消滅《しょうめつ》させられてしまうかもしれない力の塊。それを一人の異邦人《バーレルセル》が所有している。

だからこそ、過去の時代から各国は二の足を踏《ふ》み、こそこそと魔王に向けて刺客を放っているに過ぎなかった。それはまた、伝説が語り継がれる現在も同じ。

リタも今の光景に抱いた気持ちから、ディルクの言わんとしていることを理解するが、押《お》し黙《だま》ってしまう。胸の中には何かもやもやとした、漠然《ばくぜん》とした不安の感情が押し寄せていた。

「先程《さきほど》は勇者たるもの、と言ったな」

ディルクは最後の締めくくりに、同じ勇者としてリタに問いかける。

「ならばスラウゼンの剣《けん》は勇者として、世界を破滅《はめつ》に導く力を許すことができるのか？」

言葉を継げないリタに、黙り込むアルノルト爺さん。そして、まだ実験の爆発なのかわからないがあの光景を目撃したであろう村人たち。

ケーニッツ村は守られて、村人たちはみんな無事。だがここで、ディルクが「目標を達成した」と語った意味をリタは知る。予《あらかじ》め想定されていた結末の中の一つだったと。

――人は恐《おそ》ろしい力を持つ者の隣人にはなれない。それは歴史が証明している。

第六章　引退魔王は許され――

山風に煽《あお》られ、徐々《じょじょ》に晴れていく爆煙《ばくえん》。着地の衝撃で大きな穴が空いてしまった畑に背中を預けながら、青い空を見上げる。シグっさんはケーニッツ村を守れたことに、満足していた。

身体を起こし村の様子を見渡《みわた》せば、何軒か屋根の落ちた家もある。しかし、これくらいならばすぐに建て直すこともできるはず。アルノルト爺さんたちとの思い出を守り抜いたことは確かだった。

ふと、村人たちのことが心配になってくる。リタを信じて村の破壊を防いだが、本当に無事を確認《かくにん》するまでは少し不安。

「みんなは無事っすよ。局長にとって、総統の命令《オーダー》は絶対っすから」

立ち上がろうとする背中に、声がかけられた。

シグっさんが振り返れば、畑の端《はし》っこにはエルナが立っていた。遥か上空とはいえだいぶ近くで爆風に巻き込まれたせいか、顔や服は砂埃《すなぼこり》まみれで自慢《じまん》のお団子頭もぴょんぴょんと毛が撥《は》ねている。

「リタっちも無理言うもんすよ、爆弾《ばくだん》撃ち落としてって。妖精の拳《ミイムパンチ》はあまり命中精度があるもんじゃないし、値段も高いんすからね」

火球爆弾が射程に入った段階で衝撃《ショック》を数発打《う》ち込み、まあ無理でした、と全力で逃げるのがエルナの予定だった。しかし、黒い異邦人《バーレルセル》が落ちてくるものだから予定も狂ってしまう。

不機嫌《ふきげん》に鼻を鳴らすエルナに、シグっさんは尋ねる。

「……俺が、怖《こわ》くないのか?」

魔王の力を間近で見てしまった多くの人々は、恐怖の表情を浮《う》かべる。それは同じ異邦人とて例外ではない。

「こっちは死ぬかと思ったんすから、おしっこチビるくらい怖《こえ》えに決まってんじゃないっすか。……でもまあ、さっきの男前なら絶対近づきたくねえっすけど、その姿ならだいぶマシっすよ」

エルナはシグっさんの元に戻った姿を指差しながら、あっけらかんと答えた。口では怖いと言っても顔には出さず、ただ淡々と事実をありのままに。つまり、さっきの爆発で結構チビった。

「……そっかあ」

はっきり怖いと言う割には物怖《ものお》じしないエルナの態度に、シグっさんも苦い笑いを浮かべて頭をかくしかなかった。

――諸事情で身体を洗いに行ったエルナと別れ、シグっさんは静まり返った村の中を歩く。屋根が崩《くず》れた家、倒《たお》れてしまった柵《さく》に折れた老木。やはり、所々壊れてしまった箇所《かしょ》がある。それでも、全てが壊れてしまうよりは随分と良かった。

しかし、これらは全て魔王たるシグっさんが招いてしまったこと。嬉しい気持ちより、申し訳ない、と思う気持ちの方が遥《はる》かに強い。

元魔王だとアルノルト爺さんに言ってしまったし、悪魔の光はケーニッツ村の付近にいたみんなも目撃したこと。これまでは受け入れてくれていた人たちも、真実を知れば離れていってしまう。出て行ってくれと言われてしまう。

シグっさんは、楽しかった村の思い出を噛《か》みしめるように歩いた。仲の良くなった村の人たち、見知らぬ自分を受け入れてくれた人たち。酒を飲《の》み交わし、肩《かた》を組んで一緒に騒いだ人たち。

こんなに優《やさ》しい人たちに悲しい言葉を言わせてしまうくらいなら、このまま出て行ってしまおうかとさえ考えていた。

「――どこに行こうっての？」

村の出口に向かっていくと、待っていたのは茶色い外套《がいとう》に身を包む短い金髪《きんぱつ》の娘《むすめ》。初めて会った時と同様の姿で、澄《す》んだ青い瞳をシグっさんに向けている。

「リタちゃん……」

「村のみんな、もうすぐ来るから。アルノルトさんが迎《むか》えに行ってる」

「そう、なんだ」

ケーニッツ村の人達に会うことが少しだけ怖く、俯《うつむ》いてしまうシグっさん。

リタは元気の無いシグっさんの様子に構うことなく、まだ聞いていなかったことを尋ねる。ずっと聞きそびれていたことだが、あまり聞く気もなかったことを。

「そういえばさ、私って〝あの時〟どうやって負けたの？」

あの時――リタがシグっさんに襲《おそ》いかかり、捨て身の技を持って抹殺《まっさつ》しに掛《か》かった時。

あの理不尽《りふじん》な恐怖を思い出したシグっさんは微妙《びみょう》な表情を作り、自身の左手を示して答えた。

「……この〝左手〟、魔素を細かく分解できるんだ。その結び付きとかも。だから、魔法《まほう》陣《じん》も消すことができる」

黒き深淵の炎（弱火）をボンと発生させる。リタもあの時の目の前が真っ暗になった訳を理解した。分解される加速投射《アクセラレータ》の魔法陣ごと一気に黒い炎へと包まれたのだ。

「リタちゃんは手心加えたって言ってたけど、俺《おれ》も割と本気だったよ。深淵の力を使ったし、あんな一瞬で余裕《よゆう》はなかったからね」

「ふ〜ん……」

シグっさんに割と本気と言ってもらえて、リタは少し嬉しいような、もどかしいような不思議な気持ちになる。自身の研鑽《けんさん》が、魔王に届く可能性を感じたからだ。あの凄惨《せいさん》な修《しゅ》行《ぎょう》の日々は無駄《むだ》ではなかった、巨大《きょだい》な鉄球に吹《ふ》き飛ばされ、普通に死にかけた思い出も無駄ではなかったと。

「それから、こっちで止めた」

シグっさんが右手の甲《こう》をリタに向けて示す。表情は少しぎこちなく、苦い笑いを浮かべたままそれ以上を続けない。その様子に、リタもシグっさんの右手が悪魔の光そのもの、あの力の正体かと察することができた。

リタは特に追及することもせず、納得《なっとく》した素振《そぶ》りを見せる。

「なるほどね」

それさえ理解できれば、もう十分といったところ。勇者としても、一人の女の子としても――

「みんな、帰って来たみたい」

リタが振り返れば、徐々にたくさんの足音が聞こえてくる。

シグっさんは少し罰《ばつ》が悪そうな顔を作り、リタに足止めされていたことを察した。村のみんなを巻き込んでしまった自分はどんな顔をして会えばいいのか、魔王だと知れてしまった今、どんな風に接すればいいのかもわからなかった。

世界から嫌《きら》われることに慣れはしても、身近な人から嫌われることに慣れはしない。シグっさんの胸の中に、重たい何かがのしかかる。

森の中からアルノルト爺さんを先頭に歩いてくる村人たち。捜していたイルゼ婆さんもいる。こんなにも、みんなに会うことが怖い、と思ったことは今までに無かった。

アルノルト爺さんが、村の入り口にいるシグっさんとリタの前に立つ。その背後には村の仲間たち。

一歩前に出たシグっさんは、ポツリと謝罪の言葉を口にする。

「……ごめん」

これ以上の言葉が見つからず、喉元《のどもと》が熱くなって次の声も出ない。村の仲間たちも俯くシグっさんに、困った表情を浮かべるだけ。

ただ、アルノルト爺さんだけはじっとシグっさんを見据《みす》えていた。ケーニッツ村を纏《まと》める者として、どうしても伝えなければならないことがあるからだ。

「シグっさん――」

いつも通りの、汚《きたな》い笑顔《えがお》を作って。

「腹減っただろ？　じゃが芋《いも》まだまだ余ってるから蒸《む》してやるよ！」

その言葉を皮切りに、呆《ほう》けたシグっさんに群がる村人たち。背中をバシバシと叩《たた》いて「なかなかやるじゃねえか」、「頼《たよ》りになるぜ」と笑い、ケーニッツ村を救った英雄《えいゆう》に労《ねぎら》いの言葉を掛けた。

まるで、あんたは怖いもんじゃない、と言いたげに、必要以上に村人からど突かれるシグっさん。皆《みんな》からの温かい気持ちを受け取り、泣きそうに歪んだ笑顔で頭を押さえた。

――魔王としての自分を受け入れてくれた。

村人たちの好意が、堪《たま》らなく嬉しかったのだ。

――〝みんな〟の世界に入ることができた。

その感動が、胸の中に溢《あふ》れてくる。

「あたしだって異邦人《バーレルセル》さ。マルティナとニクラスの小《ちい》ちゃい爺さんもね」

「……え？」

イルゼ婆さんがシグっさんに近づいてニッと笑った。それは、シグっさんがかつて思い描《えが》いた未来が、人と異邦人の世界が、より深く交わっていることを教えてくれる。

「あたしらは子供できなかったけど、今の時代は混ざり者《ハーフ》だけじゃないよ。薄い血《クオーター》だっているんだからね」

――あの男と約束をした世界に向けて。

「異邦《いほう》の王が目指した理想世界、あたしらの世代は良く聞かされてんだよ。だから、あたしと爺さんはこのケーニッツ村を作ったのさ」

受け継がれていた異邦の王の意思。それはまだ小さな村だったが、しっかりと形作られていた。

ケーニッツは世間から爪弾《つまはじ》きにされた逸《はぐ》れ者が集まり作られた村。その気風が受け継がれているからか余所者《よそもの》にも優しく、ケーニッツで暮らしたい者がいれば拒《こば》むこともない。中には元騎士団《きしだん》長や腕《うで》っ節《ぷし》の強い傭兵《ようへい》、故郷を失った凄腕《すごうで》の戦士や王都を騒がせた怪盗《かいとう》だっている。そして異邦人、異邦の王とて例外ではない。

「……ケーニッツは、とっても良い村なんだ」

泣きそうな顔のシグっさんは、わけもわからないままリタに向けてケーニッツ村を紹介《しょうかい》する。この素晴《すば》らしい村を、誰《だれ》かに知ってもらいたいと。

元異邦の王たる者の情けない表情。リタは呆《あき》れた様子で唇《くちびる》を尖らせ、一言だけ返す。

「知ってる」

――ケーニッツ村の住民は、とっても優しい。

▼

シュテノヴ首都総統官邸《かんてい》にて、ブルーノ・ヴィンデバルトは特務課報局局長ディルク・

フンボルトより報告を受ける。

高級そうな執務机《しつむづくえ》に肘《ひじ》をつき、両手を組んで真剣《しんけん》な表情を浮かべる禿《は》げた国家元首は、目の前で直立する陰気《いんき》な男に労いの言葉をかけた。

「よくやったディルクくん、君の働きに感謝するよ」

「いえ、今作戦の功績は、険しき山道を短時間で踏破《とうは》した彼《かれ》ら実験部隊にあります」

今回の任務にあたり、一番の肝《きも》は実際に火球爆弾《フレアボム》の実験を行う部隊にあった。彼らの部隊が万が一にも魔王、もしくはスラウゼンの剣に発見されていた場合、ディルクの作戦は瓦解《がかい》し、大軍による村の焼《や》き討《う》ちという強硬《きょうこう》手段を取らざるを得なくなる。激しい抵抗《ていこう》が予想される上に成功率も著《いちじる》しく下がり、村人に死者を出してはいけない条件もかなり難しいもの。仮にリタが魔王の応援《おうえん》に駆けつけず実験部隊の下に現れていたら、完全敗北していた可能性すらあった。

そのため、火球爆弾を発射する部隊は一つ所に留まり待機することは出来ず、短時間で目標地点までたどり着き発射準備を行うことを余儀《よぎ》なくされていたのだ。一番の功績は任務をこなした彼らにあり、被害者《ひがいしゃ》は無理な山の行軍に付き合わされた研究員二人である。

「それで、悪魔の光を放つ魔王を実際に見た者は？」

「我々と村人一名、スラウゼンの剣、エルナ・ヴェンダース、火球爆弾実験部隊と研究員二名になります」

「なら、研究員の二人に口止めしておかないとね」

当然ながら、今回の山の爆発は火球爆弾実地試験によるものと発表される。山岳《さんがく》演習部隊は実際に魔王の姿を目撃《もくげき》しておらず、火球爆弾実験部隊は元より特務諜報局に属する軍人部隊。一般《いっぱん》兵に作戦の肝など任せられるはずはなく、ディルクが信頼する者で構成されていた。みんな無口で怖い顔してるけど根は良い奴《やつ》ら。

「既にユッタ・シェーハー、ハンス・クラカウ両名共に、今回の爆発は火球爆弾の威力によるものと主張しております」

「……なんで?」

「研究費目当てかと」

実際のところハンスはどうにでもなるが、ある程度社会的地位もあり、発言力の高いユッタがいる。もしもユッタに魔王らしき者の存在を主張された場合、相応の処置をとらなければならなかったが、実際にそうなることはなかった。

実験が邪魔されたので実地検分を行うことはなかったものの、脳みそだけ異常に回る二人は軍の極秘《ごくひ》作戦に利用されたとすぐに気がつき、魔素観測器によるデータを理由として研究費をしこたま請求《せいきゅう》していたのだ。上層部に対する無言の圧力ではあるが、金で黙るのなら払《はら》うしかない。

「おそらくはハンス・クラカウの入れ知恵《ぢえ》でしょう。ユッタ・シェーハーは研究費用などにはあまり頓着《とんちゃく》しない人物です」

「あ、そうなの……まあ予算回すしかないね」

我《わ》が国《くに》の将来を担《にな》う天才たちが結構悪知恵《わるぢえ》の働く奴らだと知り、ブルーノは微妙な反応をするしかない。

「予算を増やしても損はありません。ユッタ・シェーハーは今回の悪魔の光を実際に見ました」

「……ふむ」

だからなに？　という気持ちだったがブルーノはキリッとした顔を作る。相変わらずデイルクが何を意図しているのか全く理解していないが、ただ雰囲気《ふんいき》で応じる。それが政治家だからだ。

「今後我が国が、悪魔の光に匹敵《ひってき》する力を得る〝可能性〟が生まれたということです。ユッタ・シェーハーの興味は既に、黒き深淵《アビス》の炎、および悪魔の光に移っています」

「マジか」

ユッタに悪魔の光を目撃させたことも今回の成果の一つ。魔王《まおう》の本当の力を引き出すのはディルクでも、再現できる可能性があるのはユッタしかいない。秘密部隊が危険を冒《おか》して魔王を追い詰《つ》めたのは、この理由があってこそだった。

なんだか色んな成果を持ってくるディルクに、ブルーノも開いた口が塞《ふさ》がらなかった。我が国の将来は安泰《あんたい》だ、と。

「と、とりあえずさ、魔王は村を去ってくれるんでしょ？」

「はい。村が破壊されていなくても、結果に変わりはありません」

根拠《こんきょ》はわからないが、ディルクの頼りがいがある言葉に、ブルーノもうんうんと頷《うなず》く。

「なら良かった、村人の死者も出さずにご苦労だったね。僕《ぼく》も団長に恨《うら》まれずに済むよ」

ブルーノ・ヴィンデバルトは、元シュテノヴ王国第三魔道騎士団《まどうきしだん》に所属していた。そして、団長の処刑《しょけい》を命じた当時の王政府に反発し、民衆と共にクーデターを起こした魔道騎士団の主要メンバーでもある。つまりは、革命の勇士の一人。

シュテノヴ議会政治の発端《ほったん》は、陽気な猫《ワイルドキャット》と駆け落ちしたアルノルト・レンナー団長にある。そのような経緯《いきさつ》であったからこそ、シュテノヴは異邦人《バーレルセル》にとても寛容《かんよう》な政策を取っているのだった。

だが困ったことに、当の団長は異邦人の封輪《ふうりん》制度を嫌《いや》がり帰ってこないし、勝手に村を作り出す。誰でも匿《かくま》ってしまうので、たまにブルーノと小競《こぜ》り合いをすることになった。

「いえ、総統の命令《オーダー》であれば、完遂《かんすい》するのが我々の務めです」

そして、革命後の長い混乱期にあった国を救った勇士がディルク・フンボルト。彼の暗《あん》躍《やく》があったからこそシュテノヴは先の戦争で勝利し、大陸の覇権《はけん》を握《にぎ》る強国まで成長したと言っても過言ではない。


「別件で、もう一つ報告があります」

「……なに？」

ディルクの落ち窪《くぼ》んだ目が淀《よど》んだ光を湛《たた》え、朗らかな笑顔だったブルーノに嫌な予感がよぎる。

「任務遂行《すいこう》中、ケーニッツ近辺の山中にて捜索《そうさく》にあたらせていたウィレム・レーベが、レナートス・ツァンパッハと会敵いたしました――」

▼

シュテノヴ軍との小競り合いから七日が過ぎ、村の修復も順調に進む。近隣《きんりん》集落に預けていた家畜《かちく》や食料も戻り、ささやかな勝利の宴《うたげ》も村の広場にて行われた。

酒宴《しゅえん》は、自身が魔王であることを明かしたシグっさんが気を遣《つか》わないように、と村のみんなが計画してのこと。


「こんな小さな村でドンパチやってよお、俺らが気づかないわけないだろ？」

リタが来た日から何度か起こった争いも、シグっさんが何も言わないので知らぬふりをしていた、とアルノルト爺《じい》さんが酒の席で語った。そのドンパチを主にやっていたのはリタなわけだが、そもそもシグっさんが〝訳あり〟なことなど村のみんなが最初から知っていることであり、逆に言えば訳ありじゃない住民の方が少ない。

ケーニッツ村は秩序《ちつじょ》を保てる者ならば誰でも受け入れる村。しかし時折、リタのように見た目ではわからない暴《あば》れん坊《ぼう》が紛《まぎ》れ込《こ》んでしまう時もある。穏《おだ》やかな村の〝些細《ささい》な事件〟の物語は、そういった時に動き出すのだった。

また、山里の村に流れ着く者もいれば、去る者もいる——


あれからリタはまだ帰らず、エルナもなし崩し的に村の修復を手伝っていた。

休憩《きゅうけい》中も二人はイルゼ婆《ばあ》さんから織物や編み物を教わっており、立派な淑女《しゅくじょ》に向けて邁《まい》進《しん》。なぜか一目で習得する器用なエルナに、リタが自分の才能の無さに悔《くや》しい想《おも》いを抱いたり対抗心《たいこうしん》を燃やしたり、割と村の生活を楽しんでいた。

ケーニッツ村のおっさん連中も「若い娘が二人もいると華《はな》やかでいいな」とはしゃいでおり、ご婦人たちから引っ叩《ぱた》かれる始末。

リタもシグっさんが放った力に思う所はあったものの、村の平和な様子から言葉にならない感情を抱いていた。


夕方——今日はエルナも交えてご飯を食べようか、と二人で帰ったところ。そこに居るべきはずの小屋の主人の姿が見えない。

リタはアルノルト爺さんと一緒《いっしょ》にどこかに行っているのかと考えたが、何故《なぜ》かよぎる一抹《いちまつ》の不安。あの日ディルクの言葉に違和感《いわかん》を抱き、村の入り口に走った時を思い出す。

その不安を的中させるように、小さなテーブルの上には一枚の書き置きがあった。

——それは、もうケーニッツ村に戻ることはないこと、ベッドの下のお金は村の修繕費《しゅうぜんひ》用《よう》に充《あ》ててほしいこと。お世話になったアルノルト爺さんたちにお礼を言っておいて欲《ほ》しいことなどが、短く書かれた手紙。

手紙を読んで動揺《どうよう》するリタに、後ろから覗《のぞ》き込んでいたエルナが慰《なぐさ》めの言葉を送る。

「や……お、男なんて一発やったらそんなもんすよ。次、次があるっす。男なんて星の数ほどいるんすから！　ね？」

時に悲しみ傷つき絶望し、涙《なみだ》を拭《ふ》いて乗り越え逞《たくま》しくなっていく。それが人生——状況《じょうきょう》を察して精一杯《せいいっぱい》気を遣うエルナに、リタは黙ったまま振り返る。

「に、逃《に》げられることなんて……」

冷たい怒気《どき》を宿す気配に、エルナは言葉を失い戦慄《せんりつ》の表情を返した。

リタの青い瞳《ひとみ》は、あの日ケーニッツ村を守ると決意した時の輝《かがや》きを失い、深淵の暗い闇《やみ》を宿している。覗き込めば吸《す》い込まれてしまいそうになる虚空《こくう》のような瞳。

そして、冷徹《れいてつ》で鋭《するど》く無機質な声音《こわね》で告げる。

「逃がさない」

勇者リタ・ヴァイカートは自身の大切な青春を二度に渡《わた》り奪《うば》った（？）男、

「——絶対にだ」

魔王シグルズの逃亡《とうぼう》を許さない——。

あとがき

初めまして、山川海です。この度は、「引退魔王は悠々自適に暮らしたい」を手に取っていただき、誠にありがとうございます。

２０１９年に第13回ＨＪ文庫大賞の金賞をいただいたこの作品は、皆様のお力添えを得て無事発刊することができました。早いものであれから４年、発刊されたことについては私が一番驚いてると思います。

４年という歳月の中で私の生活は変わっていき、また世界を大きく変えた出来事もたくさんありました。疫病に戦争、ＡＩ技術の発展など――、後の歴史に刻まれる出来事の中に生き、事実は小説より奇であると改めて思い知らされました。

目まぐるしく変わる忙しい日々、たくさんの人々が何か思うことを発信し、感じたことを共有する混迷の時代。世界にあふれる情報や感情の中で、一息つき、ゆっくりと過ごす時間を作り出せるのが「物語」です。

物語は、人々の心を癒し、希望を与え、考えるきっかけを与えてくれます。私もこの作品を通じて、読者の皆様に少しでも希望や安らぎを提供できたらと考え、爽快感とカタルシスを与えてくれる完全無欠のヒーローを目指し執筆しました。が、全く想定と違うダサい主人公に仕上がってしまいました。

仕方がないので「引退魔王は悠々自適に暮らしたい」は、ヒーローの物語ではなく、引退した魔王が平穏な生活を求める姿と、それを阻む者達のコミカルな闘争を描いています。この物語を皆様が少しでも楽しんでいただけたなら、それ以上の幸せはありません。

最後になりますが、この作品を世に出すために尽力してくださったＨＪ文庫担当編集者様、素敵なイラストを描いてくださった鍋島テツヒロ様、そして出版に携わっていただいたすべての関係者の方々に深く感謝申し上げます。また、この作品を手に取り、読み終えてくださったすべての皆様へも感謝の気持ちでいっぱいです。コミカライズ企画も進行しておりますので、そちらもお楽しみいただければ幸いです。

改めて、最後までお読みくださり、本当にありがとうございました。どうぞ皆様、健やかな日々をお過ごしください。それでは、また次回。

——山川海

第2巻製作決定！
次は、逃亡魔王様の
楽しいダンジョンライフ!?
引退魔王は悠々《ゆうゆう》自適《じてき》に暮らしたい
He had already retired!
辺境で平穏な日々を送っていたら、女勇者が追ってきた
vol.1
山川海 著
YAMAKAWAUMI
illustration 鍋島テツヒロ

宿敵の女勇者リタと共に農村の
危機を救った引退魔王シグルド。
そんな彼は何故か農村から逃げて、
ルトイッツ地下迷宮を潜る
新米探索者シグさんとして、
新たな生活を始めていた!?
魔王としての力や知識をほどほどに活かし、
第三の生活を楽しむシグルド。
しかし、それを追いかけるようにリタもやってくるわ、
さらなる大事件にも巻き込まれるわ、
まだまだ落ち着けないようで――
新米探索者な魔王と、
不器用な純朴美少女勇者、
親密になった宿敵二人の
ドタバタダンジョンライフが始まる!!!

次巻予告

三大神の武器【知恵の樹の杖】を得るべく、龍族の住む龍王国を訪れたネオン一行。

しかし、そこでネオン達が目にしたのは「黒呪病」という新種の病に侵され苦しむ龍族であった。さらに三龍王の一体青龍王ティオマトは人間に対して深い憎しみを持ち、ネオン達の前に立ちはだかる。
そしてネオンの最強の妹シオンもまた、兄を求めて暗躍を開始し――

立ちはだかる数々の試練や困難も、最弱武器【ひのきの棒】で全てまとめてぶちのめす!!

最弱武器で一撃必殺！
痛快冒険ファンタジー

一撃の勇者

第2巻
制作決定!!
乞うご期待！

HJ NOVELS
HJN74-01

引退魔王は悠々自適に暮らしたい 1
辺境で平穏な日々を送っていたら、女勇者が追ってきた

2023年7月19日　初版発行

著者——山川海

発行者—松下大介
発行所—株式会社ホビージャパン
〒151-0053
東京都渋谷区代々木2-15-8
電話　03(5304)7604（編集）
03(5304)9112（営業）

印刷所——大日本印刷株式会社

装丁——ansyyqdesign／株式会社エストール

ISBN978-4-7986-3236-0　C0076